三田一族の意地を見よ
転生戦国武将の奔走記
①
三田弾正
Mita Danjou

北條氏政
（松千代丸）
三田康秀
（余四郎）
妙姫

北條幻庵
綾姫
北條氏時
（新九郎）
北條氏康

「フフフ、そうですね。
あまり言い過ぎると妙が焼き餅を焼きますからね」

三国一族の意地を見よ ①
転生戦国武将の奔走記

※この物語はフィクションです。実在する人物、団体とは関係ありません。

転生？・白昼夢？・冗談はやめてくれー!!

晩秋の風が吹く中、幅二十町（約２㎞）足らずの傾斜地に軍勢が犇めいているのであるが、よくよく見ない限りは殆ど見えないような状態で陣が隠されていた。そのような中、本来なら有るはずの大将の居場所を現す陣幕は疎か旗すらない本陣に地味な鎧に身をかためた武将が報告に現れた。

「典厩様、塹壕、土塁共に構築完了致しました」

机に置いた地図を見ていた典厩と呼ばれた年若い武将が顔を上げる。

「刑部、御苦労。偽装は念入りにしたな？」

刑部と呼ばれた典厩と同年代ほどの武将が頷く。

「無論でございます。敵は武田でございますれば、念には念を入れました」

「うむ、信玄入道の諜報力を侮っては火傷するからな」

「左様ですな、壕と塁には偽装網を懸けております。更に交通壕に関しては兵が完全に地面より見えぬように通路自体は六尺（約１８０㎝）の深さにしておりますので、山から見ても灌木の丘にしか見えませせぬ」

「さすれば、上総介殿達が啄木鳥を成功さすれば、武田の命運を握るは我らという事になるか」

典厩がそう呟くと刑部が肯定する。

「ですな、この為に鉄炮衆三千をこの地で伏せさせているのですから」

「そうよな。さて刑部、少し風に当たるとしようか」

「はっ」

典厩は床几から立ち上がり天幕を出る。そして、平原全体を見渡せる為に観測所として整備された高台へ登り眼下の平原を見た。平原各所には緑や土色に塗られた偽装網を枝や葉で彩った陣地がうっすらと見えた。その偽装は、場所を知っている自分がやっと判る程度であった。

典厩は『これならば、まず見つかるまい』と思った。

「成るほど、これならば良い塩梅と言えるか」

「はい、それに十町先に布陣する式部丞様旗下の遊撃隊は偽装もせずに旧来の陣幕を張り非常に目立っておりますから、斥候も彼方ばかりを気にして此方は敵の目を引かないと思われます」

「うむ、式部丞殿も親父殿の敵が討てると気張っていたからな。尤も気張りすぎて火傷を負わねば良いが」

「それは心配ですが、式部丞様のお気持ちを考えたら」

刑部の表情を見て、典厩が頷きながら答える。

「確かにな、金石斎殿がその武略を恐れた信玄入道により謀殺されてから早十七年、敵を討ちたくても討てずにいた訳だからな。『十七回忌に信玄の頸を墓前に手向ける』と言っておったしな。式部丞殿にしてみれば正に千載一遇の好機なのだから逸る気持ちは判るが、塩梅を間違えないで欲しいものだ」

「式部丞様も其処まで周りが見えない事はありますまい」

「それに〝来るのが山県三郎兵衛如きでは親父の敵にもならん。俺が狙うは信玄の頸一つ！〟か」

「はい」

「些か心配は有るが、式部丞殿が釣り野伏せの囮を買って出たのもそれが元だからな。それにあれが出来るほどの練度を誇るのは式部丞殿の所と俺の所ぐらいであるし、全体を考えれば任せるよりないからな」

心配だという表情で肩を竦める典厩。

「遊撃隊の士気も練度も十分ですので、必ずや成功致しますよ」

「刑部は、相変わらずで良いの」

典厩が溜息をつくような振りをして刑部をからかう。

「そうでございますな、こうでも考えておりませんと気づかれ致します。なんと言っても典厩様の奇行を一々気にしていましたら、私はとうの昔に腹を切っておりますよ」

やれやれという表情で放つ刑部の皮肉にも典厩は怒る事なく、掌を上に上げて苦笑いする。この主従は幼き頃より共にあった為、こういう二人だけのときにはざっくばらんな会話を行うほど気の置けない関係のようであるが、些か苦しくなったのか典厩は話題を変えてくる。

「まあ、それはそうと、武田の三ツ者には気を付けねばなるまい。その上、真田もいる以上安心は出来ないからな」

「はっ、確かにそうでございます。その点につきましては小太郎殿が差配しております」

「そうか、小太郎殿ならば心配なかろう」

刑部と話しながら典厩はこれからの戦のやり方を考え始めたのか目を瞑り黙り込んでいた。それを邪魔しないように刑部と辺りを警戒する忍び衆が遠巻きに見守っていた。

そんな心配を余所に典厩は心の中で叫んでいた。

〝あ――――――――!! まさかまさかのリアルチート武田信玄とガチンコ勝負かよ! あんな化け物と戦いなんてご免被りたい! 信玄なんぞは越後の戦馬鹿と戦争していろよって言いたいが、人の家に攻め込んできて土足で踏み荒らした以上は領民の為にも、二度とちょっかい懸けてこないように連中を潰さにゃあかんし、それに義父、義兄、爺さん達との約束もあるしな。しっかし釣り野伏せか。突撃馬鹿の勝頼ならいざ知らず陰謀満載てんこ盛りの信玄だからな、引っかかるかスゲー不安だ……。だいたい鉄炮隊指揮して武田騎馬軍団をボコるのは信長の役目じゃねーか、嘘八百の三段撃ちとかしろって言うのかよ……。あーあー憂鬱だ、憂鬱すぎて引きこもりでニートしたい気分だよー。……けどなー兵達に不安を感じさせせないようにしないといけないから顔には出せないし、肝を据えなきゃあかんな……。しっかし思えば遠くへ来たもんだけど、あーあーなんでこんな事になったのやら、厄日だ! 天中殺だ! 祟りだ! 全くもって思い起こせばあれが原因かな???〟

平成26(2014)年7月14日

■東京都青梅市東青梅6丁目　東京都史跡勝沼城址

青梅の金子商店で山葵漬けを買うついでにバイクで一人フラリと来た訳だが、ここが御先祖様も通った勝沼城か。三田家うん百年の牙城だった訳だが、平時の政庁としては良くても要害じゃないから、結局は捨てて辛垣城へ立てこもった訳だな。

以前来たときは駐輪が出来ずに麓から見ただけで、城に登るのは今回が初めてだが、まあ見れば判るが南と東は霞川沿いの田圃で昔は低湿地だったらしいから防御的にはＯＫだけど、北が丘陵地帯、まあ切り崖とか竪堀とかでなんとかなるが、最大の問題は青梅鉄道公園のある西側の山だよ。

今は城の丘が独立してるように見えるけど、地面の感じからしても都道を作るときに丘を鋭く削って道を通したっぽいから、分かれているとは言え100ｍもない程度の距離じゃそっちからの攻撃とかが可能だろうし、山側から城が丸見えになるという致命的な欠点がある訳だ。その上、普通なら出城でも作るはずの東側の最先端の丘が全く放置状態だったという体たらく。この築城者、絶対戦闘を考えないで設計しただろう。まあたいした戦闘も起こってないから、八王子城のようなもの恐ろしい気が感じられないのが良いんだけどな。

んん？　なんだ、騒がしくなってきたぞ。ん？　ん？　なんだなんだ！　目の前の土塁にいきなり柵が出来たぞ？？？？？

「わ――――！」「ダーン！」「ヒュー!!」

なっ!!　顔の前を何かが通ったぞ？

「若、若！　危のうございますぞ！」

いきなり肩を掴まれて引き倒された。

「な？？？？」

慌てて身を起こして周囲を見渡すと、一瞬前までにはそこにいなかった鎧兜姿の人々が周囲を行き交っている。こいつら一体、どこから湧いて出た!?

「若、どうなさいましたか、惚けるには未だ早うございますぞ」

「ゑ？」

無精髭（ぶしょうひげ）を生やした厳（いか）つい顔の中年男性が心配そうに顔を覗いてくるが、こっちとしては、あんた誰？　状態。

「刑部様、敵が登ってきますぞ」

「金次郎（きんじろう）、若を介抱せい」

そう言うとオッさんは鎗（やり）を持って柵の外側にいる鎧兜の人を刺し始めた。えっ？　血が出てるんだけど、大河ドラマかなんかの撮影に紛れ込んだのか？

「うぎゃー!!」

「ぐふぇー！」

「母上!!」

見る限り血飛沫とかが、超リアルすぎるんだが。て言うか、俺がいたんじゃ不味（まず）いだろう。関係者につまみ出されるんじゃ？　てか戦国ドラマに現代人の服装でいたら、放送事故じゃないか。昔の時代劇なら川の向こうにダンプが走っていたとか、空き缶が流れていたとか有ったけど、今じゃ駄目だろう。

「若、此方へ」

若侍が俺に肩を貸してくれて後ろの小屋へ連れていってくれるようだな。けど良いのか……あっそうか、撮影がクライマックスだから此処で止める訳にもいかないから、アドリブで場を作って後でCGで俺の姿を消して適当な武者を描き込むんだ。納得したけど、撮影終わったら文句言われるんだろうな。けど立ち入り禁止の札も出てなかったし、向こうの落ち度もあるよな。その辺で手打ちをして貰わないと、CG代を請求なんぞされたらたまらないからな。


「若、落ち着きましたか？」

小屋に入ってまで演技を続けるとは全部撮っているんだろうな。本当にどうしよう。

「金次郎、済まぬ。一瞬立ちくらみがしてしまってな」

どこからともなく声がした。

はっ？　俺達以外に誰かいるのかな？

「ようございました。白湯(さゆ)でもお飲みになられては如何(いかが)でしょうか？」

「そうよの」

はぁ？　俺の口から訳の判らん台詞が出てくるじゃないか。どうなっているんだ？

「若、白湯にございます」

「済まぬな」

若侍が湯飲みらしきものを差し出すと、何故か勝手に体が動いて湯飲みを受け取って飲み始めた。

「ご気分は良くなりましたでしょうか？」

「大丈夫だ、しかしこうしてはおられぬ。金次郎、戻るぞ」

「はっ」

勝手に言って自分の体が動き出し外へ向かっていく。

おいおい、なんなんだよ、どうなっているんだよ、このまま行ったらまたＮＧになっちゃうだろうが、駄目だろう！

幾らＣＧが全盛でも金が掛かるだろうが。そんな考えなのに体の方は勝手に動く訳で。ポルターガイストかはたまた宇宙人にでも操られているんだか、一番可能性が高いのは夢オチって所だよな。

そんな事を考えながら体が向かった先は先ほどの土塁前の柵で、其処ではさっきの刑部殿という小父さんが何やら指揮していた。それで体が勝手に話し出すんだよな、これこそ不気味！

「刑部、済まぬな、頭に血が上ったようだ」

刑部さんは、顔を此方に向けてにこやかに話してくれるんだが、小林稔侍に似てるな……っても、しかして本人かな？

「仕方が有りますまい、若は初陣でございますからな。初陣では殆どの者が頭に血が上るものですぞ。かく言う拙者も初陣では興奮して危うい所もございましたからな」

「左様か、刑部もそうなったか」

勝手に中の人の意識を無視して体だけが行動するってなんだよ。

そんな考えをしていたら、喧噪が大きくなり、見ると周りの兵達が弓やら鎗やらで応戦していた。

「刑部よ、我も出るぞ」

おいおい、勝手にそんな事言うなよ。それに刑部のオッサんも喜んでんじゃないー！

「おお、若がお出になられれば兵の士気も上がりましょう」

「うむ」

そう言うと、体は側にあった弓を持って柵近くへ繰り出したけど、行きたくねー！

「其処の大将、その頸貰い受けるわ！」

「小童（こわっぱ）が何を言うか」

って、向こうからもえらく高そうな派手な鎧兜を着込んだいい年こいたオッサんが言い返してきた。

「小童とは如何に。其方こそ段だら模様のど派手な鎧は単なる虚仮威（こけおど）しか？　ならばさっさと越後へ帰るが良かろう」

うわー、完全に怒らせている。この体、相当な嫌みだぞ。

「何、この柿崎和泉守（かきざきいずみのかみ）を愚弄するとは。そっ頸叩き斬ってくれるわ、神妙に勝負せよ」

「何を言うか！　関東へ攻め掛かり、無辜（むこ）の民を傷つけ略奪三昧（ざんまい）の野盗如きになんぞ神妙さがあるものか」

向こうは怒り心頭で顔を真っ赤にしているんだが、こっちは冷静で、弓に矢をつがえてギューッと引き絞って、狙いを付けて弓から矢を放つと、その矢は見事顔面に刺さって血が吹き出た……。
スゲー、CGも使わないでリアルだ、目の玉が飛び出てるぞ。こりゃハリウッドも真っ青ジャン。

「泉州殿！」

　討たれた武将の周りの武士達が騒いでるな、あの役者は柿崎和泉守役なんだな。

　こっちの周りの兵達も興奮して叫んでら。

「かって見たるわ音でも聞けぞ、我こそは我こそは、桓武帝が四世にして鎮守府将軍 平 良持が末孫、三田弾正 少弼綱秀が四男三田余四郎定久なり！　長尾景虎が家臣、柿崎和泉守討ち取ったり！　この頸取れるものならば取ってみよ！」

　うわー、厨二病かよこの体……。

　はっ、意識がブラックアウトしたぞ。夢だったのか？

あ――――――、場面が変わってる。もしかしてだけど、これって白昼夢なのか？　なら判るわ、体が動かないのもきっと気絶かなんかして夢見てるんだな。さっきの長尾景虎VS三田弾正っていうフレーズも史実と違うから、これは完全に夢だわ、夢じゃ手足は動かせないよな。これなら損害賠償とかないよな。ならば傍観者として見てみますか。夢ならご都合主義だし安全だしな。

　んじゃあVTRスタートって感じか。で、場面が変わって此処は屋敷の中か？　多くのオッさん達が鎧を着て酒盛りしてるんだが、宴会には見えないよな。なんかお通夜みたいな雰囲気がするんだが。

「殿、残るは本丸だけでございます」

「そうか、まさか上総(かずさ)が裏切るとは」

「上総の輩(やから)め、喜蔵(きぞう)様に引き上げられながら、喜蔵様の御首(みしるし)を手土産に寝返りおった！」

皆口々に上総の悪口を言いまくるが、上総って誰だ？　どう見ても色んな物語が混じってるようだから固有名詞だけじゃなんだか判らんぞ。是非シナリオが見たいが無理だよな。

「皆聞け」

おっ、殿様が立ち上がった事で、ざわついていた座が静まったぞ。

「殿」

「うむ、今まで皆御苦労であった。此処まで来られたのも皆のお陰じゃ」

「殿……」

大の大人が涙を浮かべてるよ。

「我らが敵に突撃し三田家五百年の意地を見せる故、そなた達は逃れよ」

「殿！」

「殿、水臭うございますぞ。この谷合太郎重(たにあいたろうじゅう)、何処(どこ)までもお供致す所存」

「ならぬ、ならぬぞ」

「何故にございますか」

「太郎重には十五郎(じゅうごろう)と余四郎を連れて逃れて貰いたい。何時(いつ)か三田の家を復興させてくれ」

一寸(ちょっと)待て、谷合太郎重と言えば、史実じゃ自分が北條にトラバーユしたときに、預かった子を向後の憂いを考えて謀殺したって言われてる人物じゃないか。殿様、選択間違ってるぞ。

「はっ、必ずやお二方を御護り致します」

「父上」

おっ、余四郎君が動いたぞ。

「なんじゃ」

「我は父上と共に三田の意地を見せとうございます」

「しかしな」

殿様、動揺しているし。

「家を継ぐは十五郎兄上で十分でございましょう。それに我は柿崎和泉を討ち取っております。さすれば越後勢も我が出れば目の敵にしてくるでありましょう。囮としては十分かと思いますが」

「余四郎……」

「流石(さすが)は余四郎君(ぎみ)、ならばこの野口(のぐち)刑部が露払いを致しますぞ」

成るほど、この物語は余四郎君が主役ですか。……あれれ、三田弾正綱秀に余四郎なんて子はいかったよな。それとも歴史に残っていない存在か？　まあ夢だしご都合主義、ご都合主義だな。これが小説とかなら、オリ主とかなんだろうけどね。

おっとまた画面変更ね。どんと来いや！

おー、馬がいっぱいいるね。皆が皆、決死の顔をして集まっているという事はいよいよクライマックスの突撃ですね。いやはや長かった。

「皆、良いか」

「「「「「応！」」」」」

「掛かれ！」

そのコマンドにより城門が八面に放たれて騎馬部隊が突撃を開始した。

いきなりの攻撃にたじろぐ敵兵達を尻目に、当たるを幸いに鎗をビュンビュン廻していく武将やら何やらが凄いわ。まるでどっかの無双ゲームみたいだ。

「景虎見参せよ！　我は三田弾正少弼綱秀が四男三田余四郎定久、景虎と柿崎和泉の御首を受け取りに来た！」

「小童（こわっぱ）が、間合いが遠いわ！」

「なんの」

遠くで『五郎太郎（ごろうたろう）様御討ち死！』とか『弾正少弼様見事な御最期』とかが聞こえる。

あっ！　あれは、毘の一文字の旗の下に座る行人包（こうじんつつ）みだっけか、なんかお婆さんのほっかむりにも見えるが、それを見た余四郎君が叫んだね。

「長尾景虎、其処にいたか。その御首頂戴致す」

おー、旗本衆を撃退しながら景虎の元へ行けるか。これは第四次川中島の戦いのオマージュだ！

なっ！　陣幕が開くと其処から鉄炮隊が現れて一斉射撃かよ。一騎打ちぐらいしてやれよ！　景虎よ、意外にせこいぞ。

あーあー、余四郎君も撃たれて落馬しても無理に立ち上がろうとするけど、中々立ち上がれない。

其処へ景虎がやってきて何言うんだ？

「小僧、弾正の阿呆を呪うがよい」

「景虎……」

景虎が刀を抜いて止めを刺したか。これでゲームオーバーか、南無南無。

ん？　景虎がなんか命令している。

「和泉守の敵ぞ、城の者共は残らず撫で切りに致せ」

「御意」

うわーうわー、地獄絵図だ。逃げ惑う女子供まで兵が襲って犯して括り殺している。地獄だ地獄絵図だ！　気持ち悪くなってきた。ドラマや講談で散々褒め称えられている謙信だが、これを見る限り単なる野盗と変わらないじゃないか、何が義将だよ！　やっぱ歴史は勝者が書くって本当なんだな。

あっ、なんだ、またブラックアウトだけど……あれ、元の世界か？　携帯携帯……時間は……？

時間もたいして過ぎていないし、夢だな、夢だ。

んー、歴史物の読みすぎか、疲れているかだな。よっし、早く帰って風呂でも入ろう。

まあしかしリアルな白昼夢だったな。あの矢がビュンビュン飛んでくる所とか、鉄炮で撃たれた足軽の鎧にボコッと穴が空いて血が吹き出るとか、鎗で刺された痛みとか、スゲーリアルだわ。白昼夢と言うより怨念がそれを見せているのかと思ったけど、まあ、あんな史実と違う事は起こってない訳だから怨念とかじゃないよな。

ある意味考えれば、実験用の体験型リアルシミュレーションゲームとか、どっかの無双物ゲームとかの体験だと言った方が正しい気がするよな。まあ無事に帰還出来た訳だし、さっさと家に帰って道の駅八王子滝山で買った御当地野菜と山葵漬けでなんか作るかな。

そんな考えをしながら中央道を東へ走り続ける。

「あー、やっぱ高井戸出口渋滞かよ。失敗したな、調布で下りれば良かったよ。チッ。環八への出口の信号が短いから何分待つやら」

〝ブ――――――キキキ――――――!!!!〟

ん? なんだ? 背中から何か大きな音がしたかと思ったら、突然大きなショックと共に自分は空を飛んでいた??? 視線は自分がスゲーゆっくりと動きながら前方の壁に向かっているのが判ったが、もうどうする事も出来なかった。

グシャッという鈍い音と共に自分の意識は永遠に消えたと思われた。

２０１４年7月14日の在京ＴＶ局のニュース

『本日午後五時半頃、中央道高井戸出口にて飲酒運転の10トントラックが渋滞待ちしていた車の列に突っ込み、40台以上を巻き込む事故が発生しました。この事故で多数の怪我人が出ている模様で、数名が心肺停止状態となっています。詳しい事が判り次第、この番組で報道致します』

翌日のニュース

『昨日の中央道高井戸インターでの追突事故ですが、運転手が危険ドラッグを使用していた事が判明しました』

天文十二（1543）年七月十四日
■武蔵国多西郡勝沼城

この日、関東管領山内上杉氏重臣の一人である三田弾正少弼綱秀と側室藤乃の間に男子が誕生した。綱秀にしてみれば第四子が誕生したのであるが、既に嫡男十五郎、次男喜蔵、三男五郎太郎がいた為にあまり期待はされていない子であった。

「御屋形様、おめでとうございます。お藤様が元気な男児をお産みになりました」

「ふむ、そうか。しかしのー、出来ればおなごの方が嫁に出すなどして役に立つので良かったのだがな」

「殿、そのような事を」

「済まんの、愚痴じゃ愚痴じゃ」

「してお名前は如何なさいますか？」

「そうさのー、四男であるから、余四郎で良かろう」

「余四郎様でございますか」

「そうよ、余り物で四男じゃからな」

「あまりにもお可哀想でございます」

「何、どうせ仏門へ入れる事になるのだからな」

「はぁ」

綱秀の適当さ加減に生まれてきた赤子が哀れになった近習ではあったが、主君に文句を述べる事もなく、粛々と綱秀に赤子の名前を書いて貰おうと墨などを用意していった。

三田家に生まれた赤子はこうして余四郎と名付けられ育てられたが、この赤子は数えで五歳になる頃に聡明さを発揮し始め、お付きの家臣達を驚かせる事となった。

天文十六（１５４７）年十二月
■武蔵国多西郡勝沼城

まあ、グシャッといって完全に死んだと思ったのに、何故か目覚めたら体が小さくなっていて驚いた。

視線とかが低くて思考が朦朧としそうになったが、よくよく見れば幼児だった訳だ。いやはや、パニックになったよなー。取りあえず皆が喋っている言葉が武士言葉とはいえ、聞き慣れた多摩川流域方言だったから、言っている事が判って良かったよな。これが外国とか異世界とかだったら完全にアウトだったよ。

ここ数か月間一生懸命に聞き耳立てた結果、この時代が戦国時代らしく、自分が城主の子供であると判った訳だ。あの白昼夢が正夢だったのかねー。

まあ現世意識が覚醒したのが授乳期間とお漏らし期間が過ぎていたのと粗食に慣れさせられた後だった事はある意味僥倖だったな。よくある転生ものだと授乳にお漏らしで精神を削られるって言うし、この時代の食事はまともな調味料がない有様で粗食だから、現代人の舌じゃどうしようもなくなる所だったな。まあ玄米は良いんだが糠味噌汁はな……。

それにしても最初は訳が判らん状態だったが、次第に記憶の整合が行われていくと、なんと自分がご先祖様の一族である青梅勝沼城主三田氏の子供になっていた!!

三田氏ですよ！　三田氏！　よっぽどの戦国マニアぐらいしか知らないですよ。戦国ゲームや教科書にも出てないはずだ！　それも親父の名前が三田弾正少弼綱秀ですよ。といっても殆どの人は判らないよねー。

三田氏は関東管領山内上杉氏の重臣で武蔵国多摩郡勝沼城主（東京都青梅市）なんだけど、時代の流れに流されて、小田原の後北條氏に頭を下げて旗下になった。それは良いけれど、山内上杉家を継いだ長尾景虎、所謂、上杉謙信が関東へ越境して小田原を攻めたときに、圧力に負けたのかそれとも鬱積した何かが有ったのか知らないが、再再度寝返って上杉謙信の旗下に行った。

謙信は小田原を落とせずに撤退、それで残された国衆は良い迷惑。他の国衆はさっさと北條に再度頭を下げたけど、場所が悪かった。北條氏照の婿入り先が目と鼻の先の大石氏、完全に勢力圏が被っていた上に森林資源の豊富な土地だから、裏切り者から没収してしまえと北條から許されずに自棄のやんぱちで開戦。奥地の辛垣城へ逃げ込んだが、結局の所は家臣の裏切りで落城。その後に城主一家は全滅という有様に。不味い、不味いぞ！　このままいけば十五年後にはあの世行きじゃないか！

自分の知る限り三田弾正少弼綱秀には四男はいなかったはずだから、イレギュラーなのかな？

覚えている話じゃ孫姫に笛姫がいて、落城後に隠れ住んだんだけど、よりによって怨敵氏照に見つかってしまった。氏照の慈悲により危害を加えられない事になったものの、側女だと思われて、氏照の妻である大石定久の娘の比佐の手により殺害されるんだ!!

義姉上のお腹の中にいる子が、その姫の可能性が凄くあるんだよね。

んー、やはり北條に対抗可能なのは上杉謙信かな？　こうなれば小田原攻めで積極的に攻め込んで後北條を滅ぼすしかない。そうだ、それしかないのだ!!

そうなると鉄炮と火薬は確実に必要だな、出来れば越後の石油を手に入れよう。それに奥多摩と言えば石灰石、これならセメントを作って辛垣城を要塞化すれば万が一でも撃退可能なんじゃや？

んー、それには金が必要か、しかし周りの金山は武田の勢力圏だしなー。うむー、武蔵国秩父の股野沢金山は未だ発見されてないけど秩父衆の勢力圏内か。んー、金山ないじゃないか!!

石炭なら、東京炭鉱が成木川沿いに有ったから、今なら全く手つかずだし掘ってみるか。

ともかく未だ数え五歳では大した事も出来ないからな。ここは勉強するのみだな。

こうして俺の戦国時代が始まった。史実を覆す事が出来るのか、判らないけど。

そう上手くは行かない

天文十七（1548）年三月十日
■武蔵国多西郡勝沼城

予想通りに兄上に娘が生まれ、やはり笛と名付けられました。

流石にこの時代に慣れてきたから言葉遣いも変わってきた感じ。

笛はまだ赤ん坊ですが、既に美女になる要素がてんこ盛りです。しかし上杉謙信の小田原攻めまで十二年で、三田家滅亡まで十五年のカウントダウンが始まり、うかうかしていられないんだけどねー。

よく転生ものだと、神様パワーとかスゲーチート技能とか有るんだけど、自分にはそんな神秘の技は有りませんから。せいぜい大学は史学地理学科で、趣味で科学も齧っていて、ノンジャンルで本読みまくっていたぐらいだから、知識は有るんだけど実績が伴わないんだよなー。

独り言はさておき、歴史改変ものと言えば鉄炮でしょうか。けど鉄炮の作り方は知っていても、自分じゃ作れないから、種子島のように刀鍛冶を雇って制作をさせなきゃならないんだが、関東の田舎では野鍛冶はいても刀鍛冶は殆どいないいんだー。一応滝山城のお抱えの下原鍛冶衆や後北條お抱えの鎌倉雪ノ下の相州伝ならいるはずが、仮想敵国のお抱えなんか雇える訳ないし、仮に雇えても機密ダダ漏れになる事請け合いじゃないか！

そう思ったら、滝山城はまだない状態だった。有るのは近所の高月城で、大石氏の本城は由井城（浄福寺城）らしい。うろ覚えは危ないな。

火薬に関してだが、硝石は以前趣味で調べた人工硝石の作り方を覚えているからな。既に毛利元就が弘治三（１５５７）年に古い民家や厩の土から硝石生産を命じているぐらいだから、少しずつ知られていく最中かも知れないけど、関東ではこちらが先駆者のはずだ。今なら怪しまれずに大量の硝石原料を集められるのではないだろうか。

それでも説得出来るかなんだよなー。何処からそんな方法を知ったと言われたら答えが出せないからな。まあ古土法や鍾乳洞に溜まった蝙蝠の糞でも火薬が作れるというのは、旅の僧にでも聞いたとすれば、なんとかなるだろう。流石に硝石丘とか培養法とかはあまりに斬新だからな。ヨモギに尿をかけてヨモギの根細菌による硝酸の蓄積を多くして、ヨモギを発酵させて硝酸を得る方法も有るんだけど、誰かが食べちゃいそうだしな。山ゴボウの根にも硝酸が多数含まれているから、この山岳地帯は硝石の宝庫なんだけど、どうするべきか。

硝石原料の一つである蚕の糞については、青梅や羽村付近はこの頃でも養蚕が盛んだから幾らでも手に入るんだけど。火薬は作ろうと思えば、古土法以外は培養法だろうが硝石丘だろうが、五年もすれば大量生産が可能なのに、現時点ではどう親父達に説明するかが問題なんだよ。

鉄炮だって、昔見た本に有った話で鉄板を斜め巻きしながら銃身を熱溶接で作る方式を知っているから、鍛冶さえいればなんとか試作は可能なんだよな。

それに我が家の領域の山はチャート質（燧石）に事欠かないから火縄式じゃなく燧石式鉄炮が可能なんだが、六歳の餓鬼が言ってもまともに取り上げられる訳がないし、下手すりゃ気味悪がられるだけだしな。

それに側室の子で余り物の事など、あまり気にかけて貰ってないし、下手扱けば北條への人質にされて、見捨てられた挙げ句にバッサリって可能性が有る。北條でも氏照は乗っ取った大石氏の義弟達を虐待とかしなかったけど、藤田家に行った氏邦は義弟達を騙し討ちして殺してるから、裏切った連中の人質はバッサリだろうな。

それに太田資正の嫡男氏資が北條の娘を嫁に貰って、子供が出来た後で三船山合戦で戦死して北條氏政の子供が太田氏を乗っ取っているから、氏資は合戦で討ち死にじゃなくて北條側に用済みだと殺られたんじゃないかと勘ぐるよなー。北條の場合、家を乗っ取って用済みを殺っている感じが高いから、人質なんてなったら最後になる気がする。

三田氏じゃなくて由良氏で肝っ玉母さん妙印尼様の子供なら安心していられたんだけど、世の中上手く行かないよ、あー困った困った。

まあ仕方ない、もう少し考えてみよう。今簡単に出来るのはセメントだな。奥多摩と言えば石灰石だし、初期型セメントなら粘土質石灰石を千度ほどで焼いて砕けば出来るから、これなら遊んでいる最中に偶然出来たとごまかせるかも知れないな。

鉄炮、大炮、地雷、手榴弾、セメント、硝石とか色々制作したいが、如何せん、元手もなければ、人手もないから、完全に絵に描いた餅状態。その上、絵に描く自体和紙と墨と筆だから、書き辛いったらありゃしない。ノートとシャーペンが懐かしい。あっそうだ、貝殻から作れる白墨(チョーク)と板に石粉末を入れて黒漆(くろうるし)を塗った黒板を用意すれば良いんじゃないか。これぐらいの贅沢(ぜいたく)なら許されているから、早速造ってもらおう。

それと、意外や意外にも奥多摩の日原(にっぱら)と奥秩父(ちちぶ)は山道でお互いに行き来しているんだよ。それでうちの勢力圏が秩父の奥地に及んでいる事が判明。しかも股野沢金山(またのさわきんざん)と秩父金山の付近まで手に入れられそうな状態。まあ下手に掘れば、お隣の武田さんが出てくる可能性が大なんですけどね。

黒川金山を掘っている黒川衆はご近所なんだけど、武田家の影響下にあるから下手に繋ぎを入れたりしたら、武田家に秘密が漏れる可能性は非常にでかいという訳だ。

けどなー、水銀アマルガム法は元より下手すれば灰吹き法すら知らない可能性の黒川衆にその方法を秘伝として伝授して、此方(こちら)の金山の開発を頼んで上がりを折半すれば相当な資金源になるんだけどな。それに今なら、武田家も上田原(うえだはら)の戦いで大敗したばかりだから此方まで目を向ける可能性は少ないはずなんだけど、昨年の小田井原(おたいはら)の戦いで御主君・関東管領上杉憲政(かんとうかんれいうえすぎのりまさ)様が武田家とドンパチしてるから、武田家に媚び売る訳にもいかないしな。

折角(せっかく)の知識も役に立たないんじゃ、どうしようもない。いっその事上杉謙信の元へ行って仕えるのも一つの手だが、彼処(あそこ)雪は深いし保守的だし、かといって怨敵(おんてき)北條に仕える気もなし。武田に仕えるのも面白いかも知れないけど、長篠(ながしの)で鉄炮の的にはなりたくない。

あ――――どうしよう。いっそ出家でもして坊さんになるか。なんでも俺のお付き、野口金助(のぐちきんすけ)の親父さん、刑部少輔秀政の話だと最初親父は余り物の四男は寺に入れるとか言っていたらしいから、それに乗って海禅寺や天寧寺に入るのも一興か。

それとも西国へ行って自分を売り込むという事も考えられるけど、数え六歳じゃ動くに動けないからな、せめて金助のように十二歳なら動けるんだけどね。寺で修行するよりは実験していたいんだよな。

まあ親父が動いたらやばいけどね。そのときはそのときで考えるしかないや、ケセラセラ（なるようになれ）とも言うしね。

まあ元々三田家は京都の歌人とかとも付き合いのある家だから、京都で過ごす事も可能だろうけど、混乱している京都じゃなー。何時火事とかで死ぬか判らないし、戦乱の時代は堺とかじゃないと安心出来ないかも知れない。

まあ仕方ない、少しずつ行くかな。〝小さな事からコツコツと〟関西の大御所漫才師が言っていたじゃないか。取りあえず、黒板と白墨、ヨモギ硝石、古土法、セメントをやってみよう。金助の親父に頼めば融通してくれるからなんとかなるさ。

「金助、一寸来て」

「若、どうなさいました？」

「金助の親父殿に頼み事が有るんだ」

「はい、なんでしょうか？」

「こういう物を作って欲しいんだ」

そう言いながら俺は金助に図面を見せた。

「これは？」

「前に市で会った、旅の僧に聞いたんだけど、こういう物が明では使われてるらしいんだ」

頭の回転の速い金助は俺の説明でその物の効果を理解した。

「ふむふむ、消したり出来る板とそれに書く道具ですな」

「そうそう、便利だろう」

「判りました、父に伝えます」

「頼むね」

「はっ」

■勝沼城内　野口刑部少輔秀政の詰めの間

三田家重臣（じゅうしん）野口刑部少輔秀政が政務を行っていたとき、息子金助がやってきた。

「父上」

「どうした、金助。お前は若様のお付きであろう」

「はい、若様よりこのような物を用意してくれと頼まれまして」

そう言いながら息子金助が持ってきた、余四郎（よしろう）の描いた懇切手寧な設計図を見て、秀政（ひでまさ）は思わず唸ってしまった。

確かに今まで胡粉を使い筆により絵を描く事はされていたが、作成時間に数か月から数十年かかる代物であり、余四郎の示したような貝殻を一度焼いて石臼で粉にして水を混ぜて固める方法は誰も考えついていなかった。黒板という板も初めて聞く品であった。

「うむ。これは」

「父上、如何でしょうか？」

金助が不安そうな表情を見せるが、幼少のみぎりから仕えて余四郎の利発さを知っている秀政にしてみれば、試してみようという気になっていた。

「うむ、職人に試作させてみよう。それまでは若にお待ち頂くようにお伝えせよ」

「はい」

息子金助が帰った後、早速城下の職人に試作を命じに秀政は城を退出するのであった。

数日後、元々山国であり漆器生産も行われていた為に、職人は手もなく黒板を作り上げたが、態々漆器をザラザラ状態にする事については不思議がっていた。白墨はハマグリの貝殻を焼かせて制作させた。

早速、試作品を使ってみて、秀政はまたもや唸ってしまった。使い勝手が筆に比べて遙かに良く、布で消して使う事が出来る為に、紙のように一度きりしか使えずに大量に用意する必要もなく、経済的である事が判ったからである。漆自体も屑漆を使っている為にそんなに金はかかっていないのであるし、ましてや白墨は捨てる貝殻を利用しているほどである。

「うむ、素晴らしい。これは殿にお知らせしなければならないな」

秀政は直ぐさま、試作品を持って、弾正少弼（だんじょうしょうひつ）綱秀（つなひで）の元へと向かった。

「殿、宜しいでしょうか？」

「刑部か、どう致した？」

「これをご覧ください」

綱秀は秀政の差し出した黒板と白墨を不思議そうに見る。

「この盆は縁もなく仕上げも荒いの、よほどの安物であろう」

綱秀は完全に勘違いして素（す）っ頓狂（とんきょう）な返答をしている。

「殿、違いますぞ。これは字を書く道具にございます」

「どのように使うのだ？」

綱秀の質問に秀政は実演してみせた。その実演を見て綱秀が大いに驚く。

「素晴らしい。紙のように書いたら消せないのではなく、書いても書いても消せるのであれば、色々と役に立つであろう。これは一体何処から求めたのか。唐の物か？」

「殿、これは城下にて制作させた物でございます」

「刑部、するとそちが作らせたと申すか？」

「職人に作らせましたのは、私ですが、図面をお描きになったのは余四郎様にございます」

余四郎が考えたと聞いて綱秀は驚いた。

「まさか、余四郎がそのような物を考えたと言うのか？」

「金助の話に因（よ）れば明では既に使われていると、旅の僧より教わったと」

「ふむ。聞いたにしても素晴らしい物だ、僅か六歳にて其処（そこ）まで機転が利くとは」

「如何なさいますか？」

秀政の言葉に綱秀は目を瞑（つむ）りながら〝うーん〟と唸り、暫（しばら）く考えた末に、答えを出した。

「うむ、寺に預けるのはやめにしよう。刑部、そちが守り役として見守ってくれ」

「はっ」

余四郎の知らない間に、出家フラグが折れたのであった。

天文十八（１５４９）年八月七日

■武蔵国多西郡勝沼城

「余四郎様、今日は何処へ行かれるのですか？」

郊外へズンズン進む余四郎に金助が尋ねる。

「河原へ行くんだ」

「河原に行くにしては、酒をお持ちですが、まさかお飲みになる気ですか？　殿に怒られますぞ」

未だ一桁の年でしかない余四郎が河原で隠れて酒を飲むのかと金助は注意したのであるが。

「まさか。これは土産だよ」

「土産とおっしゃいましても、河原にどなたかいらっしゃるのですか？」

どうも会話が繋がらないと余四郎が気づき、金助に説明する。

「ああ、河原と言っても川じゃなく、皮を扱う河原だよ」

「川と言われても何が何やら」

「牛馬の皮の事だ」

「ああ皮でございますか……」

「判っただろう」

皮と川の違いが判った金助であったが、次の瞬間には顔を真っ赤にして諫(いさ)め始めた。

「余四郎様！　そのような場所へお行きになられてはなりませんぞ」

「何故かな？」

余四郎も金助の言いたい事は判るのであるが、敢えてすっとぼける。

「当たり前にございましょう。あのような穢れた者達に近づく事すら烏滸(おこ)がましいというのに、そんな場所へ行かれるなど以ての外ですぞ」

金助は普段全く見せない顔で怒り続けるが、余四郎は更にすっとぼけて金助の本音を聞く事にした。

「金助よ、何故それほどに怒るのか？」

「当たり前にございましょう。余四郎様は恐れ多くも平将門(たいらのまさかど)公の末裔(まつえい)にございますぞ。遙か彼方では桓武帝(かんむてい)の末裔でもあり、帝と同じ御血を御引きになられております。そのような高貴なお方が、汚れた者達の住処へ向かうなど神罰が下りますぞ」

その事を聞いた余四郎は金助に向き直り、普段絶対に見せない真剣な表情で語り始める。

「金助よ、人は誰でも生まれ死ぬもの。飯も喰らえば寝もする。たとえ殿上人(てんじょうびと)であろうと百姓であろうとそれは同じ、元を辿れば何ら変わりがないではないか。その上、何故同じ赤い血が流れている者達を差別する必要が有るのだ？」

余四郎の真剣な態度に驚きながらも、金助は余四郎の為を思い反論する。

「余四郎様、他の者達が余四郎様の行動を見たらどう思うかお分かりですか？」

「そうだな。〝三田の余四郎は母が下賤の生まれ故、同じような下賤な者共と慣れ親しんでおる。やはりあ奴は卑しき奴よ〟辺りかな？」

「余四郎様、御自分をそのように比喩されるのはお止めください！」

余四郎の事を思えばこその金助であるが、その根底にはやはり河原者は汚らわしいという差別意識が有る事は間違いなかった。それを感じているが故に本当であれば普段のように金助を撒いてくる所であったが、流石に逃げ出しすぎたが為に、外出禁止を喰らいそうなので金助を伴ってきているのである。

「まあ、まあ、下々の生活を覗くのも上に立つ者の務めぞ。尾張の織田備後守の三男の三郎も同じように河原者と付き合っているそうだぞ。守護代の奉行に過ぎぬ織田に出来て関東管領宿老の三田に出来ぬ訳がなかろう」

理論武装した余四郎が他家の事を引き合いに出して説得するが、金助は諦めない。

「余所は余所、家は家でございますぞ」

そんな言い合いをしながら暫く行くと、余四郎には嗅ぎ慣れた匂い、金助には胸が悪くなるような臭いが漂ってきた。

「これは……」

「良き香りだろう、牛馬の皮を煮る匂いよ」

慌てて手ぬぐいを鼻と口に当てながら、金助は頸（くび）を横に振る。

「とてもとても、嗅いでいられぬ臭いですぞ」

「そうか、慣れれば平気なのだがな」

そう言っていた最中に、余四郎を目聡く見つけた子供達が集まってくる。皆一様に毛皮で出来た陣羽織（じんばおり）のような物を着ていた。

「余四郎兄ちゃん」

「余四郎兄ー」

「余四郎さん」

余四郎や金助より年上から始まり少し下までの子供が集まってくる。

「みんな元気にしていたか、これは土産ぞ。あやめ、みんなに分けてくれ」

余四郎は酒以外に持ってきていた米菓子を世話役らしい十代前半ぐらいの少女に渡す。

それを見た子供達は大喜びする。

「あやめねえちゃん、早く早く」

「余四郎兄ちゃん、ありがとう」

あやめと呼ばれた少女が菓子を持って入り口の大石の上で分け始める中、もう一人の年長の子供に余四郎が話しかける。

「喜助（きすけ）殿は？」

「余四郎様、父は工房に」

「そうか」

そう言うと余四郎は自分の家のようにズンズンと村の中を進み、一際大きい小屋の前に辿り着いた。

「喜助殿、余四郎です」

余四郎が言って少しすると、小屋の入り口の筵(むしろ)が捲り上げられ、其処(そこ)から熊のような髭面の大男が現れた。その姿に驚く金助であるが、余四郎はにこやかに挨拶し始める。

「喜助殿、相変わらずの髭面ですね」

喜助と言われた大男もニヤリと顎髭をさすりながら答えた。

「なに、山で雌熊が俺の姿を見ると寄ってくるようになるからの」

「ハハハ、正に熊男ですね」

「ガハハハハ、そうだな」

年齢も立場も全く違う二人の絶妙な会話に金助は唖然としていた。

「そうそう、この者は俺の竹馬の友兼お目付役の野口(のぐち)金助。金助、此方(こちら)の大熊はこの村の長で青梅(おうめ)一の猟師でもある喜助殿だ」

主君に言われた以上は挨拶をせねばならぬと金助は意を決する。

「拙者は、野口刑部少輔秀政(ぎょうぶしょうゆうひでまさ)が次男野口金助と申します」

「金助、其処まで畏まる必要はないぞ、此処は権威は効かぬ土地だ」

「そうは言いましても」

「余四郎殿、仕方がないと思いますぞ。この地には我らを恐れて滅多に人が来ないのですから」

自傷気味に喜助はそう言うが顔は笑っている。

「そういう事だ、金助も気にせずにいてくれれば良いぞ」

「そうは言いましても、余四郎様は一体全体何をなさりに村へ来られたのですか？　それに何時からこの村との繋がりが出来たのですか？」

聞き出さねばならぬという意志の固さを見せて金助は余四郎を問い詰める。

余四郎はその姿に押されて冷や汗が出始める。

「まあまあ、一先ず茶でも飲んで落ち着かれた方がいいだろう」

喜助が案内して村でも比較的立派だと言う小屋へ招かれるが、あくまでこの村基準であるから、炭小屋より酷いボロさに金助は顔を顰めるが、余四郎は勝手知ったるなんとやらで平気で座る。すると、喜助の妻らしき見目麗しい女が陶器に鉄瓶から湯を入れ、少ししてからその湯を木椀に入れてくれた。

「あずささん、ありがとうね」

「いえいえ、何時もお世話になってますので」

早速、余四郎はなんの躊躇もなく木椀に注がれている茶らしき物を飲み始めるが、金助はジッと椀を見ているだけで飲もうとしない。

「金助、さっさと飲む飲む」

「余四郎様、これは一体何なのですか？」

「茶だ」

金助にしてみれば茶とは抹茶であり茶筅（ちゃせん）で点てるものであるから、幾ら余四郎の言葉でも信用出来ない。

「茶の訳がございませんぞ、茶とは点てるものでございましょう」

その事で合点のいった余四郎が苦笑いしながら話す。

「金助、これは俺の考えた薬茶という物だ」

「薬茶ですか？」

「そうだ、唐の医書にもあるが、草木には色々な薬効がある。その中で安全な柿の葉を元にしたのだ」

「では余四郎様は柿の葉をお飲みになっているのですか？」

「そうだ、柿の葉は体に良い薬効が多いからな」

「成るほど。……って、なぜ此処へ？」

「余四郎殿が我らに色々と新しい産物を教えてくれておりまして」

「お陰様で、暮らしもえらく楽になりました」

金助の質問に喜助とあずさが答えた。

「まあ、大した事じゃないけどね」

謙遜する余四郎。

「いえいえ、桜の細かい薪で取れすぎた肉を燻し燻製を作るなど、我らには思いつかない事です」

「それに質の悪い肉でも細かく挽いて大蒜、韮、葱などと混ぜて焼く事で食べられる所が増えましたし」

余四郎は現代知識で、燻製やハンバーグの作り方を教えていたのである。尤も最初は自分が食べたいという考えからであったが。

元々差別に関しては完全に否定していた為に、河原者と蔑まれてきたこの村の子供達と出会い、遊び、その後、親達とも交流を持つようになっていたのである。余四郎が集めている子供達の中にもこの村の出身者がいるが、金助は全く気が付いていなかったのである。

余四郎が小田原へ行った後も彼らとの手紙の遣り取りは行われ、余四郎が所領を得ると彼らの中の幾人もが小田原へ移住し、康秀と名を変えた余四郎の家臣や領民となっていく。元々彼らのような被差別民はその差別故に独自の連絡網を持っており、それに因り北條家と三田康秀の名は全国の被差別民の間で自分達を差別せずに、人間扱いしてくれると知らしめる切っ掛けとなったのである。

天神の申し子

天文十八（1549）年八月八日
■武蔵国多西郡勝沼城

「余四郎様、これは一体何をなさっているのですかな？」

ある晴れた日、勝沼城にある馬場の片隅で、余四郎がお付きの野口金助と、地元の次男三男以下で家を継げない者達などを集めて作った家臣団と共に、大きめの鉄鍋で何やら泥を煮ていた。そんな姿を見て宿老の神田左京亮秀雄が話しかけてきた。

秀雄はこの所メキメキと新しい産物などを考案して、少なからず利益を上げ、子供達ではあるが小さな家臣団を育てている余四郎に興味を持ち、色々観察し自家の娘婿に相応しいかもと思った為、最近は何かにつけて話をする事で余四郎の非凡さを知り益々興味を持っていた。その為、今回も何か新しいものを作っているのかと気になり話しかけてきたのである。

「ん、左京か。これは厩や雪隠の周りの土を集めてきて木灰と混ぜて煮ているんだ」

余四郎の答えに、何がしたいのか判らない秀雄は更に問いかける。

「失礼ですが、泥など煮詰めてなんになりましょうか？」

余四郎のする事の中でも幾つもの成功が有る事を知っている秀雄も、泥を煮る事に何か訳が有るとは思えなかった。

「あー、まあ端から見たら異様だよね」

余四郎はニカッと笑顔を見せながら子分達に話しかけた。

「確かに、私も最初余四郎様より言われたときには驚きましたが」

金助がそう言うと皆が頷く。

「まあ、若の言う事だし、なんか有るだろうと思ったけど」

「面白いから良いんじゃないかって」

「厩番は変な顔で俺達を見ていたけど」

「土運びと薪割りが大変だったけどね」

などなど悪ガキ連中がやんやと口々に意見を言った。

「で、余四郎様、これは一体何になるんでしょうか？」

要領の得られない秀雄は再度質問する。

「んー、これを読めば判るんだけど」

余四郎が懐から出した書物には〝煙硝作成〟と書いてあった。それを読んでみた秀雄であるが、よく理解出来ずに再度質問をした。

「余四郎様、誠に恥ずかしい事ですが、拙者には理解出来ない物です」

恥ずかしそうに告白する秀雄を見て、余四郎が要点を掻い摘んで説明した。

「煙硝とは火薬の原料で、今の所本朝では外から買うしかないんだ」

その答えに疑問を持った秀雄は更に質問する。

「煙硝を何に使うのでしょうか？　煙硝とやらは高いのですか？　しかもそれを自作出来るのですか？」

「煙硝自体は鉄炮などに使うんだけど、近場で産出する唐では余所の国へ売る事が禁止らしくてね。今は倭寇や南蛮人の商人が密輸してくるから、彼らの言い値で買うしかない為に馬鹿みたいに高い金を払うしかないんだよ。けどね、この方法を使うと煙硝を本朝にある品々で作る事が出来るんだよね」

とんと判らない表情の秀雄に対して、余四郎は多摩川の土手まで秀雄を連れてきた。其処で土手近くの小山に空けた穴から何本かの油紙で包んだ筒を持ってきた。

「左京、この竹筒の中には硝石と硫黄と木炭が混合してある」

「ほう、してこれは何に使うのですか？」

相変わらず要領を得ない秀雄に見せる為に、余四郎達が川の中央にある筏の通行の邪魔になる大きめの岩に鑿で下男に穴を空けさせていた。その穴に筒を次々に詰め込んで上からボロ布で蓋をして土手から離れた位置まで誘導した後、弓の得意な者に火矢を放たせた。

暫くは命中しなかったが漸く八本目で導火線に火が付くと僅かな時間で竹筒が爆発し、まるで雷が落ちたかのような大音量が響き渡り、岩の方は煙によりよく見えなくなった。

「上手く行ったようだな」

余四郎の言葉に顔を上げると、見事に岩が真っ二つになっていた。

これには秀雄も驚く。

「若、あれは如何なる術にございますか？　雷を操ったかに見えましたが」

そんな表情の秀雄に余四郎は手を振って否定する。

「違う違う、あれは火薬の爆発力を利用して岩に亀裂を入れて割れるようにしただけだ」

しかし秀雄にしてみれば、火薬の原理など判らないが故に、余四郎のした事は天雷の如き技で岩を砕け散らしたと感じられ、今までのあらゆる働きも知恵も学問の神であり雷の神でもある天神様のお力を得ていると勘違いする事になった。これによりより一層、余四郎に興味を持った神田左京は積極的に余四郎の婿入りを狙うようになり、幾度となく綱秀に懇願する事となった。しかも余四郎が通行の邪魔になっていた大岩を砕けさせた事は、当事者達だけでなく、その轟音から多くの者達にも聞かれ目撃されていた為に、自然発生的に〝三田様の四男は天神様のお遣いだ〟とまことしやかに噂される事となり、余四郎の行う行動の殆どが肯定される原因となった。


余四郎の運命に直接響いた勝沼での大爆発は、付近を監視していた風魔下忍の脳裏に強烈な印象を与えた。彼は、三田家の始めた幾つかの新しい事案を確認するべく監視していたのであるが、余四郎が最初に行った爆破の音に驚き、河原へ向かい対岸から観察し始めた。すると其処には昨日まであった大岩が真っ二つになっており、其処で幾人かの人足が作業していた。それは余四郎が川を

塞ぐ残っている大岩の片割れに鑿で穴を空けさせていた風景であった。

　それが終わると何か油紙で包んだ円筒形の物を差し込み、其処から出ている縄に火矢を放ち始めた。それが何か判らない風魔はジッと観察していたが、当の余四郎達は土手の反対側に掘った穴に隠れ耳を塞いでいた。刹那大音響と共に岩が砕け散った。その爆音に風魔は耳を直撃されのたうち回ったが、声を上げる事だけはせずにいた。

　そんな事を知らない余四郎は神田左京による質問攻めで弱っていた。


　余四郎達の火薬による岩の爆破を目撃した風魔は直ぐさま風魔小太郎（こたろう）に連絡する為に小田原へとひた走り、翌日には風魔谷（小田原市風祭（かざまつり））の風魔屋敷へ辿り着いた。

「お頭、雉介（きじすけ）でございます」

　雉介がそう言うと屋敷から身の丈六尺ほどの大男が現れた。

「雉介か、如何したか？」

　雉介は興奮したように話し始める。

「お頭、三田谷に天狗か天神の化身を見つけました」

　雉介の話を小太郎は怪しみながら聞いている。

「天狗、天神とはどういう事か？」

「はい、昨日ですが三田谷を監視していた所、子供らが川へ現れ、その場に有った大岩に何やら呪いのような事をしたのですが、直後に雷が鳴り響くと大岩は一瞬にして破壊されました。あれこそ天神様の落雷の力でございますぞ」

　恐ろしい物を見たという感じで雉介が語るが、詳しく聞いてみるとどうやら煙硝を使ったのではと、一介の風魔でしかない雉介と違い頭である小太郎は感じていた。

　その事が重要な要件になると感じた小太郎はその人物が未だ小童（こわっぱ）である事に興味を抱き、自ら探りに行く事にし、早くも翌日には雉介に案内させ勝沼へと潜入していた。ある程度の領主であれば胡乱（うろん）な者の進入に神経を尖らす所であるが、鎌倉以来の名族という誇りを持つ三田家にはそう言った点が全く考慮されておらず、気合いを入れてきた小太郎も拍子抜けするほどであった。まず小太郎は雉介が見たという破壊された大岩をつぶさに調べる。

「成るほどの」

「お頭、何か判りましたか？」

「うむ、これは恐らく煙硝を使ったのであろう。破片が所々焦げているのがその証拠よ」

「では、落雷ではないのですか？」

「であろうな。しかしこの事、他言は無用ぞ」

　小太郎は考え雉介に喋るなと命じた。

「はっ」

　その後数日かけ、調査した結果、雉介が天神だと報告してきた童が勝沼城主の四男であると判明した事で、小太郎は更なる興味を持った。色々調べると案の定、煙硝などを使っている事が判ったが何処(どこ)から手に入れているかは不明であった。

それらを知る為に童と接触しようと色々考えていたが、小太郎が行商人の姿で勝沼城下の市で情報収集していたとき、同じように動いていた雑介から三田余四郎が露店を開いていると報告が有ったのである。最初は小太郎もごく普通に河原者と判る家族と商売している所を見て何かの罠ではと考え観察していたが、その兆候が全くない為に、意を決して露店へと足を進めた。

「さあ、いらはいいらはい、鹿肉の燻製は如何かな。青梅(おうめ)一の猟師が捕った丸々太った鹿の良い肉をジックリ燻した物だよ。香りも味も最高だよ。そのまま放っておいても当分腐らない品だよ。鹿肉は体が温まるよ」

「これは、黒板と白墨(チョーク)だよ。この板にこれで字を書いたらあら不思議、布で擦れば綺麗に消えるよ。紙みたいに無駄にしないで済むよ」

河原者とごく普通に和気藹々と商売するという突拍子もない行動に小太郎は益々興味を持ち、商人として接触した。

「その黒板とはどういう物だね？」

余四郎は小太郎の質問にニコリとして答えた。

「行商の方かね、これはこの板に白墨で字を書く道具で、算術や手習いとかするのに便利なんですよ。墨をする必要もないし、紙を無駄にする事もないですから」

「成るほど」

余四郎は小太郎に黒板を渡して実演させる事も忘れない。

「どうだね、便利でしょう」

小太郎も黒板の便利さに驚く。

「確かに素晴らしい物だな」

「でしょ」

余四郎は買ってくれるのかなと言う表情で小太郎を見る。

「うむ、取りあえず物は試しで二つほど買うとしよう」

「毎度です」

余四郎は喜びの顔をする。

細々した注意を受けた小太郎はその場を後にして、その後余四郎の行動を監視する為に雑介以外にも数人を付ける事で須く情報を集めるようにした。

そして余四郎の事を氏康(うじやす)に伝える為に小田原へと帰還した。この報告が元となり北条(ほうじょう)氏康が余四郎に興味を持つ切っ掛けとなったのであるが、さしもの氏康も小太郎も余四郎が一から煙硝を作った事には気づかなかった。

模倣への道

天文十八（１５４９）年八月九日
■武蔵国多西郡勝沼城　三田余四郎

「んー、やはり紙が悪い」

「どうなさいましたか？」

「いや、紙に羽筆が引っかかって破けるんだよ」

「羽筆ですか。若様は何時もながら面白い物をお作りになりますね、どのような物なのですか？」

「最近博多や堺に来ているらしい、唐天竺より遠い南蛮から来たと言う者達が使う筆記道具で、雁の羽の根の部分を削って鋭くして其処に割れ目を入れて、インクという墨のような物に浸けて紙に書く物だ」

金助が不思議そうに見てくるが、そりゃ羽ペンなんて見た事も聞いた事もないだろうし。しかし和紙だと引っかかって書き辛いったらありゃしない、全く洋紙が欲しいな。

「しかし、御城下に南蛮人などが来たとは聞きませんが、それもやはり何時ぞやの旅の僧からお聞きになったのですか？」

済まんな、金助よ。俺の生前の記憶からだが、此処は騙されておいてくれや。

「そうだよ。忘れていたが思い出したから作ってみた」

「インクという物までお作りになったのですか？」

「ああ。大した事じゃないよ。炭を研いで出来た物だから、墨と殆ど変わらないからね」

まあこの知識もジュール・ヴェルヌの『十五少年漂流記』からの受け売りだけどね。

「凄いですね、して何をお書きになっているのですか？」

「これかい、うちの領域は多摩川がかなり下を流れているから水田が霞川沿いにしかないじゃないか。それだから殆どの土地が畑作か雑木林だろう？　其処へ水を引けば水田や畑に出来る土地は未だ未だあるから、その為の灌漑（かんがい）水車を設計しているのさ」

「水車で灌漑ですか？」

「そうさ、日本でも桓武天皇（かんむてんのう）の皇子良岑安世（よしみねのやすよ）が作っていたらしいし、唐伝来の竜骨車だって使われているんだから、我々だって作れるはずだ。成功すれば水田の開墾が可能だよ」

「はあ」

「まあ、取りあえず小型で実験してみるから、また親父殿に頼んでくれ」

「はい、父に伝えます」

んー、金助には難しかったか。ハテナマークが思いっきり頭の上に出ている状態に見えるや。

しかし、和紙の紙質は引っかかりまくりだわ、早いうちに洋紙に近い紙を製造しないと駄目だな。

んー、木材パルプとしては桑の木が良いらしいし、その上で蚕（かいこ）の餌である桑の枝は余剰物だから材料費はかからないし、紙を作る土地もあるようだし、さほど難しい事もないだろう。樹皮を取り去って内側だけを細かくして大鍋で煮てドロドロにすれば良い訳だし、実験してみる甲斐はあるはずだ。

しかし、和紙と墨ではまともに設計図も描けないな。昔の日本の設計図らしき物が結構大雑把だったのは、この書き辛さが要因の一つなのかも知れないな。

しかし実際金助にああは言ったが、確か最大クラスの水車でも直径二十mで一分間に九十五リットルか、少なすぎるな。此処は玉川上水を作るのが良いのだろう。資金六千両超えではあるが、流路も判っているから、家の財政ならなんとかなるだろう。問題は羽村(はむら)はうちの領地だが、それ以降の流域はうちの領地じゃないから、他家と共同開発するのは良いが、メリットがうちには殆どないとあっては、資金提供して貰えないだろうな。

んー悩んでも仕方ない、出来る事からして行くしかない。思うに鉄炮(てっぽう)にしても我が家は一丁も持ってないし、〝鉄炮何それ?〟状態だからな。思い出したが永禄(えいろく)六（1563）年滅亡時でも所持鉄炮がなんと一丁だけだったという笑えない事実もあったし。しかもそれも家で買ったのではなく、伊勢神宮のお札を売っていた人から日頃の感謝だと貰ったそうだから、近代兵器に対する理解率があまりにも酷すぎるやい。

同じ頃、織田信長(おだのぶなが)は鉄炮と弓合わせて五百丁とか単独で五百丁のどっちかだけど、数百丁の鉄炮を所持していた事だけは確かなんだよな。今年には確か近江の国友(くにとも)村に火縄銃五百丁を注文したらしいし。うちも国産出来ないからって一丁はないだろう。だから三田家は鎌倉以来の古くさい姿だと馬鹿にされるんだよ。

「やっぱ此処は軍政改革が必要だよな」

うちの領地高が石高で言うなら大体壱万石強で、その他に漆、木材などの山ならではの特産物があるから、資金的にはなんとかなるんだ。まずは最低でも槍を長柄にして、鉄炮も百丁単位で欲しいものだが、生産地がないんだよな。

取りあえず設計図は引けるから、製造出来る鍛冶さえいれば作らせられるんだが、相変わらずの八方塞がり状態だし。いっその事、鍛造銃身を諦めて、うちの所領羽村の二大鋳物師、渡辺(わたなべ)・桜井(さくらい)氏を使って銃身を青銅の砂型鋳物で作成してみるのも一考かも知れない。

大日本帝国陸軍の二十八センチ要塞(ようさい)砲だって青銅砲だったし、青銅銃自体中国とかで製造されていたから出来るはずなんだよ。鋳鉄鋳物で銃身を作れば強度問題でバラバラになりそうだけど、比較的安定している青銅なら千度ほどで流動化出来るから、なんとかなるはずだ。

大学時代の友人の実家が鋳物で有名な川口の鋳物工場だった関係で、鋳物工場へ遊びに行っては結構遊んでいたからな。そのせいである程度は覚えているから砂型鋳物なら出来るし、この時代でも石膏も蜜蝋も手に入るので、ロストワックス工法も可能だから、上手くすれば先込滑空式火縄銃(マッチロック)ではなく、後装式線条燧石銃(フリントロックライフル)が出来る可能性もある。

流石(さすが)にボルトアクションライフルは無理だが、トラップドア式ならやりようはある。早合を改良して底部のみ真鍮で薬莢状の物を作って押し付ける形にすれば、後方へのガスの流失は最低限に出来るはずだ。尤(もっと)も今の所、ゴムが手に入らないのでシャスポー小銃のようにゴムパッキンでガス漏れを防ぐ事は出来ないが、鞣し革とかを使えばなんとか出来ると思う。

「製造法は問題ないとして、材料の入手法も、青銅なら問題なさそうだな」

青銅は鐚銭を鋳潰せば結構手に入るし、この頃は通貨に関する法律なんか有ってないようなものだからな。永楽銭一枚に鐚銭四枚ほどだったので、少数なら鋳潰しでなんとかできるはずだ。

「ただなー、問題は少量生産なら良いんだが、大量生産の場合だよな」

田舎は貨幣流通量が圧倒的に少ないからそんなに鋳潰せないし。やはり秩父鉱山からの銅の採掘をするしかないか、或いは足尾銅山開発をあの辺の領主と共同で行うとか。けどな、出来ないんだよな。どう考えても足尾に銅山が有ると判れば、草刈り場になるからな。

ここはやはり、秩父鉱山を掘るしかないが、悲しき事に未だに黒川衆との接点が出来ん。小菅の領主小菅遠江守に話を通して貰うにしても、怖い武田晴信が出てくるからな。黒川金山の楠家とか船木家とかと個人的に連絡が出来れば良いんだが、子飼いの忍びもいない状態じゃどうにもならん。

なんでも楠家はあの有名な楠木正成の子孫だそうで、河内から土岐一族での中でも南朝側として戦った船木一族と共に落ち延びてきて、楠木家伝来の鉱山技術で黒川金山を開発したらしいんだが。今は接点がないから要らない情報だが、何時か必要になるだろう。

やはり、先立つものは資金だが、砂金は取りあえず多摩川でも取れるから多少は手に入るんだ。鉄も砂鉄が取れるし福生ではそれを原料にして蹈鞴製鉄を行ってるし、城下の青梅は元々市が立つぐらいだから、信長のように楽市楽座で運上金で儲けるのも手だが、地方だからあまり上手く行くとも思えないんだよな。

「ああ、最大の問題は自分の立ち位置だよな」

余四郎で余り物だから、うちの運営には口を挟めないのがな。精々金助の親父殿に頼んで照査し意見して貰うしかないんだが、斬新な政策は大半が鎌倉以来の名門の矜持か何か知らんが、古くさい政策ばかりなんだよな。

年貢も怨敵後北条(おんてきごほうじょう)のように低くないからな、下手すりゃ領民が北條に統治して欲しいと言いかねないぞ。只でさえ南隣の小宮氏の領土の南隣は何れは北條源三氏照(ほうじょうげんぞううじてる)の所領になるのだから、良くない状態になりかねない。

曾爺さんや爺さん達が寺社を修理しまくったけど、今はそれどころじゃないからな。その金が有ればどれだけ近代化が出来たか判らないが、〝三田氏は滅んだが美術品の保護に力を入れた〟と本とかには出てるけどね、家自体が消えたらどうしようもないんだがね。

そう言えば、この時代も銅線や鉄線が作れたはずだから、ボルタ電池とか有刺鉄線とかが作れるんだよな。今の所有効活用は出来ないけど、何れは電気式起爆装置とかが作れそうだから、忘れないようにメモに残しておこう。江戸時代なら平賀源内(ひらがげんない)とかがいるから、スカウトするんだけど、つくづく残念だな。

セメントもだが、最初は漆喰で御茶を濁すしかないかな。あまり目立ちすぎても北條に目を付けられかねないからな。硝石の生産も始められないし、困った困った。

■勝沼城内　野口刑部少輔秀政の詰めの間

三田家重臣野口刑部少輔秀政が政務を行っていたとき、今日も息子金助がやってきた。

「父上」

「どうした、金助。お前は若様のお付きであろう」

「はい、今回も若様よりこのような物を作りたいと頼まれまして」

金助の持ってきた図面を見ながら秀政は唸ってしまう。

「うむ、水車とは、これもまた若のお考えか」

「そのようにお伺いしています」

「儂だけではどうにもならんから、殿に伝えよう」

「はい」

息子を送り出した後、秀政はマジマジと図面を見ながら三田家には過ぎたる人物が生まれたかと益々思い始めていた。

その後、綱秀に話をし、小型のものであれば水車を作って良いとのお墨付きを得た結果、小さな水車が霞川の塩船観音の付近に制作された。余四郎の言うように水を揚水出来ると判るのが、約一年後の事であった。

この件も天神の申し子という噂と共に、小田原の北條氏康の耳に入る事になった為、三田氏と余四郎の未来が激変する事になるのであるが、このとき本人は制作許可が下りたと喜んでいるだけであった。

天文十九（1550）年五月二十八日
■相模国西郡小田原城

戦国大名北條氏第三代当主北條氏康は風魔衆を使い関東各地の情報を仕入れていた。その中に最近再度臣従してきた勝沼三田氏において面白い発明をする小童がいる事を見つけた。

「どうされたかな、左京殿」

叔父であり箱根権現別当職にもある北條幻庵がにこやかに話しかけてくる。

「叔父御、いやな三田に面白き事をする小童がいるようでして」

「ほー、幾つじゃ？」

「未だ八つです」

八歳と聞いた幻庵が興味深そうにしながら話す。

「ほう、藤菊丸より二歳も下ではないか。それでいてどのような事をしているのじゃ？」

氏康は幻庵に読んでいた物を渡し、返答を待った。

書状を受け取り読み始めた幻庵が真剣な表情となる。

「これは、どれもこれもとても八歳の童の物と思えんぞ」

「それで、感心しております」

「ふむ、左京殿はどうなさるおつもりかな？」

「これだけの事をする人物、鄙（ひな）に置いておくのも勿体ないのではと」

「成るほどの、確かにそうじゃ。多摩川の水を引いて武蔵野の大地を開拓しようとは中々考えられぬ事じゃ。まるで唐の皇帝のような考えよの。さて如何する？」

　幻庵は氏康にどうするかと尋ねる。

「それについては丁度良い事に三田は臣従して間もない為、人質として次男か三男を送ってくる話でしたが、此処はこの小童を呼んでみたいかと」

　氏康は返された書状を繁々と見ながら幻庵に答える。

「ふむ、呼んで資質を見極めるつもりか」

「はい、新九郎（しんくろう）の馬廻りとして仕えさせるのも一興かと思いまして」

「ふむ、して資質が良い場合は、儂が仕込んでも良いぞ」

「叔父上がですか」

　幻庵が氏康を見ながらニヤリと笑う。

「子育ても終わっておるし丁度暇じゃからな」

「では良き資質の場合はお願い致します」

「悪ければ、返せば良いだけじゃ」

　やりすぎた結果、目立って人質フラグが立った余四郎であった。

そんなはずではなかった

天文二十（1551）年一月一日
■武蔵国多西郡勝沼城

時代の流れには勝てずに渋々ながら北条家に臣従した三田家でも新年の宴が行われていた。

「皆よく来てくれた。今年も良き年であるように」

三田弾正少弼綱秀の言葉に合わせて、列席していた一族郎党が挨拶を行う。

「殿、今年も宜しくお願い致します」

「さあ、ささやかではあるが、皆も楽しんでくれ」

三方に載せられた料理が運ばれてくると、各々が酒を注ぎながら舌鼓を打つ。

「うむ、これは旨い。一体なんじゃ？」

「そうじゃな、大根だと思うが、不思議な風味だ」

「酒に合うの」

「それにこの酒も澄んでいて更に風味があって旨いの」

「伊豆の江川酒とも違うな」

「京の柳であろうか？」

飲み食いする者達が口々に大根の漬け物と酒の話をしていると、綱秀がにこやかに話し出した。

「それは、大根の糠漬けといって、大根を米糠に漬けた物だ」

その言葉に初めて聞いたと多くの家臣達が話し始める。

「その酒は、一つは、普段の濁酒を一度蒸して冷やした物で、もう一つは麦焼酎といって壱岐で作られている大麦から作る酒だ」

「おお、殿、凄い事ですな。壱岐より酒を運ばれましたか」

老臣の谷合太郎重久信が驚いたように話しかけるが、綱秀が笑いながら息子の余四郎を指して話す。

「いや、全て余四郎の考えよ。実際に差配したのは、金右衛門（野口刑部少輔秀政）だがな」

その言葉に家臣達は驚きの目で余四郎を見つめる。噂には聞いていたがこれほどの才気を持っているとはと、ある者は〝末頼もしき〟と、ある者は〝これほど旨い酒を作ってくださるとは〟と、ある者は〝我が家の婿に頂きたい〟と、そしてある者は〝弟の癖に生意気な!!〟と種々色々な思いが流れたのである。

それから暫くは、皆が余四郎の元へ来て、余四郎は皆から賞められる事になったが、兄である長男十五郎綱重以外の次男喜蔵綱行と三男五郎太郎は面白くなさそうに、余四郎を睨んだりしていた。

おっとりしている十五郎綱重以外は、最近何かと父親や家臣の受けの良い余四郎に嫉妬心を持っていた為、今回のような新年の早々に余四郎の功績が称えられる事に憤慨し、二人してひそひそと愚痴を言い合っていた。

暫くして宴も終わり、それぞれ屋敷に帰ったが、次男喜蔵綱行と三男五郎太郎は喜蔵の部屋で酒を飲み直しながら余四郎の悪口を言い合っていた。

「ふん。大根漬けだの酒だの、戦にはなんの役にも立たんではないか！」

「兄者、全くだ。蓬に馬の小便をかけて、悪戯するような小童のくせに！」

悪口を言い合ってる部屋に近づく人影があった。

「喜蔵様、塚田又八でございます」

「おお、又八か。何用じゃ？」

「御飲み直しと台所衆から聞き及びましたので、酒と肴を持って参りました」

「うむ、入るがよい」

喜蔵の言葉に襖が開くと、揉み手をし愛想笑いをしながらも目が笑っていない、小男が入ってきた。

「どうした又八、お前も余四郎にご機嫌伺いをせぬのか？」

些かトゲのある言いようで喜蔵が意地悪そうに質問する。

「滅相もありません。余四郎殿など、小童の浅知恵でございましょう」

「そうか、そちもそう思うか」

嬉しそうに喜蔵と五郎太郎が又八に話しかける。

「若様達の聡明さに比べて余四郎殿の行動は目にあまりますな」

「おお、言うの。又八も、ささ飲め飲め」

「はっ。お零(こぼ)れを頂戴致します」

嬉しそうに酒を頂戴する又八であるが、やはり目は決して笑っていない。

「良い飲みっぷりじゃ、ささ一献(いっこん)」

今度は五郎太郎からの酒を受ける。

「又八、そちから見てあ奴はどう見える」

又八は立て板に水の如くすらすらと答える。

「余四郎殿は、金助(きんすけ)と金右衛門殿におんぶに抱っこで、情けのうございますな。しかも作る物は皆戦に関係のない物ばかり、水車しかり多摩川からの用水しかりでございます」

その言葉に上機嫌な喜蔵がしゃべり出す。

「そうよ。水車など灌漑(かんがい)用と言っておるが、一回の水が十升とはなんの役にも立たんではないか！」

「そうじゃな、多摩川から江戸湊まで用水を引くなど狂人の行いとしか思えん！」

「全くでございます。あのような狂人の行いを殿がお許しになるのは、あの側室のせいでありましような」

「あの女狐か、親子揃って父上を誑(たぶら)かしおって」

「全くだ、兄者。このままで行けば、後を継ぐのは余四郎になるかも知れないぞ」

「いや、後を継ぐのはこの俺こそ相応しい。十五郎兄者では些かこの時代を乗り切るには心許ない。しかも未だに男児に恵まれぬからな」

「そうじゃ、喜蔵兄者なら、俺も安心して仕えられると言うものだ」

その兄弟を見ながら、又八は腹の中では薄ら笑いしているが、表面では真剣に話しかける。

「綱重様はお体があまり丈夫ではございません。その為御結婚なされて早十年にもなりますが未だお世継ぎに恵まれておりません。このままで行けば、綱重様のお後をお継ぎになるは喜蔵様でございますが、余四郎殿の小手先の詐術に殿を含め多くの者が騙されております」

「そうよ、又八、全くその通りだ。あのような詐術を使うは平将門公の末裔たる我らに相応しくない！」

「全くだ。兄者」

「鉄炮なる野蛮人の武具を導入せよとは武士を馬鹿にしている！」

「余四郎殿の母は所詮下賤の身、踊り念仏の娘であったそうですから」

「余四郎に殿など要らん！　あのような下賤は身分相当に大人しくしていれば良いものを、父上や兄者に取り入りおってからに。目にもの見せてくれようぞ！」

喜蔵の意気込みに五郎太郎も驚く。

「兄者、具体的にどうするのじゃ？」

「毒を盛る、訳にはいかんからな」

「喜蔵様、五郎太郎様、如何でしょうか、養子か寺へ行かすというのは？」

「確かに、毒など盛ったら、俺まで疑われるな。成るほど養子と寺か」

「はい、今回の事で詐術に騙された者達の中に娘しかいない者が数人おりますが、彼等が口々に余四郎を娘婿にしたいと話しておりました」

「ふん。誰と誰だ？」

「神田左京(かんださきょう)、小作兵衛(おざくひょうえ)、木崎丹波(きざきたんば)、原島備後(はらしまびんご)などでございます」

「物好きもいるものだ。左京など宿老(しゅくろう)ではないか」

「それに原島は小さいとはいえ日原(にっぱら)で半独立領主のような者ですから」

「行かせるとしても、小作か木崎の所だな」

「兄者しかし、左京が納得しないだろう」

思案し始める喜蔵と五郎太郎、其処(そこ)へ救いの手を差し伸べる又八。

「若様、婿入りが難しければ、永平寺(えいへいじ)へでも送り込むのが宜しいかと」

「しかし、父上達が許すまい」

「手はございます。北条家へ積極的に若様が繋ぎを作り、北条氏康(うじやす)殿から命令をして頂ければ良いのでございます」

「成るほど、その手が有ったか」

「しかし、兄者、勝手に北条と繋ぎを作って、父上にばれると不味(まず)いのではないか？」

そう言われると、考え始める喜蔵。

「それではこの私が、伝手(つて)を使ってそれとなしに繋ぎを取れるように致しましょう」

「おお。又八、済まぬな、宜しく頼む」

「お任せください」

「又八の忠心に酬いる為にも、俺……いや、儂が当主になった暁には、塚田又八を筆頭宿老に致そう。それと偏諱を授けよう。儂の行を取り塚田上総介行俊と名乗るが良い」

「ははー、ありがたき幸せ。塚田行俊、綱行様、五郎太郎様に終生の忠誠を尽くします」

「うむ、頼むぞ」

「御意」

そう言いながらも、又八は、〝世間知らずのボンボンに取り入るのなど赤子の手を捻るが如き。してやったり〟と、腹の中で言いながら、ほくそ笑むのであった。

又八に煽てられた喜蔵、五郎太郎は、まんまと御神輿に乗せられていた事に気がつく事がなかった。

天文二十（１５５１）年一月八日
■武蔵国多西郡勝沼城　三田余四郎

　松が明けたこの日に何故か、再度一族郎党が集められた。自分まで正装してこいって言われて、仕方がなしに正装して参加しているけど、何か有ったっけ？　喜蔵兄上の結婚が決まったのか、はたまた五郎太郎兄上の元服とか。いやあそんな話が有れば、おとみさんの台所ネットワークであっという間に流れているはずだけど、なんにもないし、なんなんだろう？

十五郎兄上は大永（だいえい）五（１５２５）年生まれで二七歳、喜蔵兄上は享禄（きょうろく）五（１５３２）年生まれで二十歳、五郎太郎兄上は天文六（１５３７）年生まれで十五歳だからな。喜蔵兄上の結婚か五郎太郎兄上の元服が最有力なんだけど、まあ父上が来れば全て判るか。

暫く待たされて、父上と父の従兄弟で宿老をしている三田三河守（みかわのかみ）綱房（つなふさ）殿も一緒に来たし、あと誰だか知らない爺さんが屈強な侍を連れて一緒に来たな。

「皆の者、今日はご苦労であった。何か起こったのかと心配する者もいようが、喜ばしい事だ」

父上は口上の後に知らない爺さんに上座を譲ったぞ。一体全体誰なんだ？

そう思っているのは皆も同じらしく、ザワザワし始めたから、綱房殿が一喝して静かにさせた。

そうして誰だか知らない爺さんが話し始めた。

「皆々、お初にお目にかかる、儂は幻庵宗哲（げんあんそうてつ）という只の坊主じゃ」

幻庵宗哲の名前に聞き覚えのある自分としては、もしかして北條幻庵（ほうじょうげんあん）？　と思ったのだけど、多くの家臣は判らないみたいで、兄上達も目を白黒させている。

「幻庵宗哲様は、北條左京大夫（ほうじょうさきょうのたいふ）様の叔父に当たる御方で、箱根権現別当（はこねごんげんべっとう）、武蔵小机領主（むさしこづくえりょうしゅ）をなさっておられる」

綱房殿の言葉に皆が息を呑む。

「ホホホ、何、生臭坊主よ」

うわー、生きる伝説、九十七まで生きた、北條家の怪物が来たー!!

しかし何しに来たんだろう、仮にも僅か数年前まで敵地だったのに。この爺さん、もの凄く大胆だ。

「この度、嬉しき事に北條左京大夫様、直々のご指名により、当家より小田原へ詰める事となった」

流石は三田家滅亡後に北條に仕えた綱勝殿のお父上だ、既に北條に尻尾を振ってら。

「綱房殿、して何方が指名されたのですか？」

宿老を代表して谷合が質問しにかかったな。

「幻庵宗哲様が直々にお伝えする」

「昨年じゃが、左京大夫様と儂が話したとき、早川水道の規模を凄まじく大きくし多摩川の水を引き武蔵野台地を潤すという話を知ってな、それを考えたのが僅か齢八の童だという事に驚いたのじゃ。してその子が弾正少弼殿の四男だと聞いて、左京大夫様がいたく興味を持たれ、其処で儂が資質を確かめさせたが、噂に違わぬ出来でな。是非左京大夫様が御嫡男新九郎様の馬廻りにとご希望された次第だ」

その言葉に、驚く者、落胆する者、ほくそ笑む者など三者三様の状態なんだけど……。

うげー、やばいやばいよ！　怨敵に目を付けられた!!

しかも北條氏康と言えば、名将じゃないか。すげーやばい、貞操の危機か!!　この時代、坊さんなんて大概男色だったし、武将も男色もして両刀使いだったもん!!　助けてクレー!!

「静かにせい！　我が家にとっては誠にありがたき事だ。この度の引き出物として相模の酒匂村・

武蔵の上奥富・三木・広瀬・鹿山・笹井を加増して頂ける事となった」

どの程度の大きさなのか判らないのか、その話にピンと来ない人が多いだろうが、確か史実で北條から給付された領土と同じだと思うから、石高で言えば四千石ぐらいだよな。これは江戸時代の中級旗本並みじゃないか、ドンだけ期待されているんだよ。

「余四郎殿、前へ」

ぐわー、どうしよう。このままで行けば小田原人質→上杉謙信襲来→三田家裏切り→裏切り者だ、出陣前の生け贄に血祭り→頸ちょんぱ!!

たまったもんじゃない、逃げよう!!　駄目か!!　よし阿呆の振りをして避けよう、それしかない。

「余四郎です」

どうだ、これで挨拶も出来ない阿呆と思うだろう。下手すれば斬られるかも知れないが。

「これ、なんという挨拶の仕方だ。申し訳ございません、何分未だ十にもなっておりませんので」

綱房、余計な事をするんじゃないー!!

幻庵が呆れてくれればこっちのものだが、うわー、全てを見通すような目してるよ。

「ほう、余四郎殿はよほど小田原へ行くのが嫌と見えるな」

判ってるよ、この爺さん。一族郎党皆が固唾を呑んでいるのが判る。

その後皆を冷や冷やさせながら、爺さんとの丁々発止の結果、負けました。

「そろそろ猫を被るのを止めんか?」

その眼力に降参ですよ、判りましたよ!

「はっ、幻庵宗哲様に対するご無礼の数々、平にご容赦を」

「フフ、では弾正少弼殿、余四郎殿を貰っていくぞ」

「はっ」

天文二十（1551）年
■武蔵国多西郡勝沼城　三田藤乃

「お方様、まもなく余四郎様がお越しになられます」

「そうですか」

侍女がそう伝えた後で退室すると藤乃は〝ふぅ〟と溜息をついた。

「余四郎もいよいよ旅立つのですね」

独り言を言いながら、藤乃は自分の半生を思い出していた。

藤乃は親を知らない。永正十（1513）年北條早雲と三浦道寸、太田資康との戦いにより全山焼失した藤沢道場清浄光院の再建の為に旅立った僧の一人が諸国行脚の際に、大永元（1521）年京の都の郊外の荒れ寺で死病にかかった武家の侍女から赤子を託された。その後その僧は諸国行脚をしつつ貰い乳をしながら藤乃を育て上げたのである。その後、十二になった藤乃は率先して踊念仏を行いながら勧進を手伝い始めた。そして数年が過ぎこのまま尼になるのだと思っていた所で、青梅勝沼城下の乗願寺での勧進を行う為の挨拶の際に、城主三田弾正忠綱秀に見初められ側室として迎えられる事になったのである。時に天文十（１５４０）年藤乃二十歳のときであった。育て親の上人は藤乃の幸せを事のほか喜び快く送り出した。綱秀は喜び、上人を住職が老齢であった乗願寺の次期住職として迎え入れ、寺領を与えた。乗願寺は元々三田長綱（ながつな）の開基であったが故に、大壇家に当たる三田家の願いを聞き入れる事になったのである。

藤乃が余四郎を身ごもったのは、中々子が出来ずに諦めていた頃の事であった為、ようやく我が子を抱けると喜んでいた。しかし、喜びも束の間、武家の経である乳母を付ける事が判り一度は気落ちしたが、何が幸いするか、四人目の男子が産まれた為に、赤子に対する綱秀の興味が失せ、藤乃自ら育てる事が出来たのである。

〝思えばあの子は、幼少から突拍子もない事をする子でしたが、その子が北條殿に認められるとは。けれどもあまり無理をしないで欲しいのですが、あの子では無理でしょうね。巡礼をしていたからこそ判りますが、あの子は人を差別するという考えが有りませんから、民には好かれるでしょうね〟

そう思っていると、余四郎が挨拶に来たようである。

「母上、ご機嫌麗しく」

「余四郎、よく参りました」

藤乃も余四郎も言葉が続かない。

「母上、長い間育てて頂きありがとうございます。これより小田原へ参ります」

やっと余四郎が言葉を紡ぎ出す。

「余四郎、小田原は遠き場所なれど、御仏は何処でも貴方を御見守りしてくれますから、息災に」

そう言うと藤乃は自らの産着の中に託されていた小さな守り本尊の釈迦如来像を渡した。

「母上、これは母上の縁の品ではありませんか。とても受け取る訳にはいきません」

そう言いながら返そうとするが、藤乃はジッと目を見ながら優しく話す。

「それを持っていてくれれば、また会いに来る事も出来るでしょう」

「母上……」

そう言いながら受け取った余四郎は涙ながらに藤乃の手を握った。

その後、この親子は別れを告げた。

天文二十（1551）年一月二十日
■武蔵国多西郡勝沼城

余四郎が小田原に旅立った日、喜蔵と五郎太郎と又八が酒を飲みつつ談笑していた。

「又八、ようやった、幻庵を出しては父上も嫌と言えまい」

「御意にございます」

そう言いながら、又八は〝自分は何もしていないが、馬鹿な兄弟が勘違いしてくれているならそれに乗っておこう〟と思っていた。

「愉快よ愉快よ。これで余四郎の家督相続の目は潰れた。関東管領が落ち目である以上は、暫くは北條の天下であろうが、何が起こるか判らないのがこの世だ。人質がアッサリ殺されるのも普通だからな」

「まあ、兄者、今宵は祝いじゃ、飲み明かそうぞ」

「あはは、愉快愉快」

「若様、良き飲みっぷりでございます」

「ハハハ、そちも飲め」

こんにちは、北條一族

天文二十（1551）年二月十日
■相模国西郡小田原城　三田余四郎

ドナドナドナドナの心境で幻庵爺さんに連れられて小田原に向けて出立したのは、天文二十（1551）年一月二十日の事だった。付いてくるのは金助改め野口金次郎秀房、加治兵庫介秀成、藤橋満五郎秀基の三人と下男下女だ。

金次郎を含めて皆が皆、家臣の二男三男とか農家の口減らしに出された人だし、以前から集めていた連中だから気心は知れているが、実家からしてみれば、いざとなったら切り捨てるには良い人材という訳だ。史実じゃ金次郎は九十一まで生きて三田家の菩提を弔ってくれているし、幼なじみだから信頼出来るんだけど、無茶でもして下手に死んで欲しくないよ。

あ――――憂鬱だ、何故こうなった。幻庵爺さん、完全に俺の内面を判ってるぽいからな、どうにかして逃げるか、帰る事を考えなきゃ駄目だ!!

「余四郎。遅れるでないぞ」

「はい、判りました」

そんなわけで多摩川を渡り、高月城（たかつきじょう）を掠め、相模川沿いを南下して厚木、平塚、大磯、二宮と抜け、酒匂川（さかわがわ）を渡り、やって来ました小田原城下へ。歴史雑誌とかの復元図で見ていたけど、総構えは未だない。それでも凄くでかいわ、うちの城が物置に見えるよ。

城下を移動して感じた事は、民が皆にこやかで、ノビノビと暮らしている事だ。この時代は何時（いつ）殺されるか判らないのに、皆人生を楽しんでいるように見える。此処へ来る間も村々では皆が皆、幻庵爺さんに感謝していたし。税制改革して中間搾取を出来にくくした事も生活に余裕を持たせる事になっているんだ。

流石（さすが）に江戸時代の城みたいに漆喰塗りの白亜の大天守とかないけど、それでも十分な威圧感の有る城だ。小田原城址公園には何度か足を運んだけど、この時代の本丸は平成時代よりも北側に有ったから感覚的に変な感じもするが、それでも確（しっか）りした城だわ。上杉謙信（うえすぎけんしん）も武田信玄（たけだしんげん）も簡単に落とせなかった訳だ。

豊臣秀吉（サル）だから落とせただけで、徳川家康（タヌキ）じゃ謀略でしか落とせないだろうな、大坂城を落としたときみたいに。

俺なら、壁をコンクリートで囲んで、トーチカも作って、地下逆襲路も完備させて、撃退するんだけど、まあ無理だね。本当なら石垣山にも砦を築けばサルに利用されずに済むんだけど。いかんいかん、怨敵（おんてき）の城がどうなったって良いじゃないか、どうも戦国オタクの血が騒いでしまうな。

北條家の場合政策とか民の生活向上とかは評価出来るんだよな。義将と言われる上杉謙信の方が、年貢とか重かったし年がら年中戦争ばかりで民の事あんまり大事にしてないし、関東へ来れば放火略奪三昧だったから。その点を考えると怨敵ながら北條家が勝っているんだよな。匹敵するのは織田信長か、あれも家臣には厳しかったが民には優しかったから。

それにしても驚いたのは、北條家が既に目安箱を設置していた事だよ。徳川吉宗の専売特許かと思っていたけど、大違いだった。まあ楽市楽座も織田信長が最初に行ったように言われていたけど、実際は佐々木六角家が最初だったし、天守閣も信長じゃないし。結構歴史ってミステリーだ。

しかし、思い起こすは、幻庵爺さんとの丁々発止だ。あれで完全に嵌められた訳だからな、少しは冷静にならんと駄目だ。あのときは大失敗だった。あれは……。


「ほう、儂には余四郎殿が小田原へ行きたくないと眼で語っているように見えるが」

「幻庵宗哲様の気のせいでしょう」

「ほう、水車の事、灌漑用水の事など、阿呆には出来ぬ事だが」

「偶然の産物です」

しつこい爺さんだ、中々諦めやしない。

「酒についても、糠漬け物についても、只の小童では出来ぬ事」

「聞き及んだ事を、金右衛門にやって貰っているだけにございます」

どうだ、悪いが金右衛門に小田原へ行って貰おう。

済まんな、金助。親父殿を出仕させておけば、そのうち徳川旗本の道が確実に開けるんだから、我慢してくれ。

「金右衛門とやら、そちの功績は大きいと言えるのか？」

そうだ、金右衛門、その通りと言っちゃえ。

「滅相もございません。私が行いました事は全て余四郎君の御発案でございます。私は手を貸したに過ぎません」

ぐわー！　何言っているんだ!!　ますます爺さんの眼が輝いたじゃないか！

「金右衛門、御苦労じゃ」

「はっ」

「さて、余四郎殿、嘘はいかんぞ、嘘は」

えーと、眼が笑ってないんですが、本気モードですか。

「余四郎殿に聞く、鉄炮(てっぽう)を重視するはなんぞや」

本気モードなら此処は、誤魔化すしかない。頑張れ俺、信長のように演技を見せろ!!

「新しい物が面白いからです」

幻庵爺さんが眼を細めてきた。うわー、眼光が鋭い。

「ほう、余四郎殿は何も判らずに鉄炮を求めたいという訳じゃな」

「その通りです」

「あのような高価な物、我が家でも最近増やし始めたにもかかわらずか。嫌に高いおもちゃよの」

うわー、爺さんの言葉で、鉄炮否定派が頷いてるよ。このまま行けば、家に残っても鉄炮の配備は絶望的になってきた。此処は少しでも鉄炮擁護派を増やさないと駄目だ！

「高いおもちゃではありません。一町先にある鎧を打ち抜くそうですから、狙撃に使えば兜頸も取れましょう」

ザワザワし始めた。〝卑怯な〟とか聞こえるよ。

「ふむ、一町では馬であれば直ぐに蹴散らされて仕舞うではないか。その点はどう考えるか」

爺さんめ、これで六十かよ。人間五十年の時代に十歳オーバーじゃヨボヨボのはずが、全然元気じゃないか。北條の爺は化け物か！

「数を増やせば解決します」

「そうも行くまい。鉄炮の値段より馬の値段の方が安いのじゃ、騎馬を増やす方が理にかなうと思うがの」

うがー！　誘導尋問かよ、こっちの考えを上手く判ってら！　畜生！　このままだと本当に鉄炮はダメダメ兵器だと思われてお仕舞いになりそうだ。

「戦場に堀を巡らせ頑丈な柵を作れば、騎馬を防げます。その隙間から鉄炮で狙撃すれば良いかと」

「ほう、しかし遭遇戦になればどうする。堀も柵も作れぬぞ」

「その場合は、先に槍衾で鉄炮隊を護りながら、準備をし撃ちまくります」

どうだ。これこそ戦闘だ！　あれ、上手く乗せられた気がするんだが。

「ほう、じゃが、鉄炮は連射が出来ん。そのような事では蹴散らされるぞ」

「それならば、火薬と玉を紙で一纏めにした弾薬包を作りそれを兵に持たせておけば、連射も可能でしょう」

既に何言ってるんだこの二人って感じで、皆がぽかーんとしてる。

「ほう、しかし、そうなっても鉄炮は高い。その点はどうするつもりじゃ？」

「作れば良いかと」

「ふむ、しかし中々作るのが難しいと聞くぞ」

「高禄を持って根来(ねごろ)衆や国友(くにとも)衆を雇えば良いかと。先行投資しておけば、最終的に得になりましょう」

「ほう、余四郎殿は根来や国友の事を何処で知ったのじゃ？」

「旅の僧より聞き及びました」

「してその名前は？」

「沢庵(たくあん)と申しておりました」

沢庵和尚、名前使って済みません。未だ生まれてないけど。

「ほう、それを聞いただけで、実践しようとするとは。余四郎殿は大器よ、末が楽しみじゃ」

あ――――、やばい、完全に嵌められた。此処は少しでも嫌みを言ってやるぞ。

「そもさん」

「説破」

「幻庵様は、坊主であり箱根権現別当(はこねごんげんべっとう)にもかかわらず、未だ戦事で殺生するはなんぞや」

「武士の出家は方便であり、擬態である。我が父伊勢早雲庵宗瑞(いせそううんあんそうずい)も儂を作ったは出家後であった」

グファ！　完全に返された、流石チート爺だ、敵わん。

「若、若」

金次郎の声に現実に引き戻された。

「ああ、どうした？」

「そろそろ、蓮の御門だそうです。下馬の御支度を」

「ああ、判った」

「余四郎、今日からここがお前の住む所じゃ」

爺さん、元気すぎだよ。

天文二十（1551）年二月十日

■相模国西郡小田原城

「父上、何故たかが、外様の人質なんぞに我々が揃って会わねばならないのですか！」

ふてくされた顔で城主たる北條氏康(うじやす)にそう話しかけたのは、氏康の次男・松千代丸(まつちよまる)であった。

「そう言うな。三田の四男は幻庵殿が認めたほどの大器だそうだ、会っていて損はないぞ」

嫡男新九郎が宥めるように話しかける。

「余四郎というそうだが、私の二歳年下ながら、かなりの人物と聞きます」

年齢不相応の落ち着きで話すのは、三男藤菊丸。

「ふんー。そんな餓鬼が大器だって、幻庵殿もとうとう惚けたか」

幼いながら毒を吐くのは、四男乙千代丸。

「どのような人物なのでしょうか」

ワクワクと七歳の子供らしいのは五男竹千代丸。

「兄者、幻庵殿の見立てじゃさぞかし面白き小童であろうな」

豪快に話すのは氏康の四弟北條氏尭。

「どのような子でしょうね」

にこやかに妹達と喋るのは、氏康の長女で史実では今川氏真室として後に早川殿と呼ばれる綾姫。

「大器であれば、妙の婿に良いのではないかしら」

妹を茶化すのは次女で史実では北條綱成の子北條氏繁室として後に新光院殿と呼ばれる麻姫。

「お姉様、恥ずかしいです」

恥ずかしがるのは、三女で史実では千葉親胤室として後に尾崎殿と呼ばれる、妙姫。

四女以下は未だ幼い為にこの場には来てはいなかった。

「阿呆か、外様の人質風情に、しかも家督も継げぬ者に大北條の姫を嫁に出せるか！」

麻姫の冗談に本気になって松千代丸が怒る。

麻姫と妙姫は涙目になってしまう。

「松千代丸、妹を虐めるではない！」

氏康の一喝に松千代丸は黙り込む。

「殿、幻庵様お帰りにございます」

近習が氏康に幻庵の帰還を告げる。

「幻庵殿をお呼び致せ」

暫くすると幻庵が十歳弱の子供を連れて氏康達の待つ大広間へやってきた。

「左京大夫様、お待たせ致しました」

「幻庵老、御苦労であった」

公式の席であるから普段と違い筋目を立てながらの謁見となる。

「してその子が、幻庵老の言う麒麟児か」

「まことに、優れた見識を持っておりますぞ」

そう言われながらも、頭を下げているので余四郎にしてみれば二人の表情は窺えないのでどきどきものである。

「三田余四郎、面を上げよ」

氏康の言葉にゆっくりと顔を上げると、小田原城址公園にある、氏康の絵によく似た姿の氏康が座っていた。まあ本人の絵なのだから似てない訳がないのだが。当時の肖像画は修正とかされている事も多々あるからな。

「ご尊顔を拝見させて頂き恐悦至極に存じます。私は青梅勝沼城主三田弾正少弼綱秀が四男余四郎と申します。左京大夫様にはご機嫌麗しく」

立派な挨拶に、集まっていた者達は息を呑む。

「天晴れな事だ、のう左京大夫様」

氏堯が兄に対して鯱張った口調で話しかける。

「うむ。余四郎。そちの話は幻庵老などから聞いておる。そちの見識を我が家で役立ててみよ。後三年もすれば元服させ新九郎の馬廻りとするつもりじゃ。精々努力するようにな」

「御意にございます」

内心ではウゲーッと思っても顔には出さないのが、社会人として生きてきた前世の経験に基づくたしなみである。

「余四郎は暫し幻庵老に預ける」

「お任せくだされ、立派な武将に育ててみせましょう」

こうして、初顔合わせが終わった。

余四郎や老臣達が下がった後、氏康の部屋で氏康と氏堯が二人で話し合っていた。

「あの小童、相当な人物に化けるぞ」

氏堯の言葉に氏康が頷く。

「多摩川用水だが、風魔に調べさせた所、絶妙な位置を想定しているそうだ」

「ほう、どのような物だ」

「尾根筋を見事に通るようにしてあり、勾配まで絵図面には描いてある」

「成るほど、それだけでも貴重だな」

「それだけではなく、鉄炮に関しても詳しいようだ」

「鉄炮か。増やし始めたは良いが、中々使い勝手が悪いが」

「それだが、これを見れば非凡さが判る」

そう言って渡された書簡を見た氏堯は驚く。

「兄者、これは鉄炮の欠点を殆ど潰しているではないか」

「そうよ、齢八でこれほどの人物だ。勝沼に置いておくには危なすぎる」

「それに勿体ないか」

「そうよ、あれを自家薬籠に出来れば、北條の為に役に立とう」

「で、どうする？」

「幻庵殿に暫し育てて頂き資質が狙い通りであれば、十二〜三で元服させ、妙の婿にする」

「一家を持たせるか」

「そうよ、妙とは一つ違いだ。似合いの夫婦となろう」

「しかしそれならば、千葉の方はどうする？」

「千葉よりあの小童の方がよほど大事よ。千葉には養女を宛がおう」

「松田の娘辺りか」

　氏堯の言葉に氏康はニヤリと笑う。

「そうよ、最近になりそれとなしに儂の側にと薦めてきているのでな」

「成るほど、早雲様の京以来の宿老(しゅくろう)とは言え、流石に最近は力を付けすぎてきているからな。これ以上は不味(まず)いか」

「そうよ、憲秀(あれ)の気質は見た限り、独善的になりかねんからな」

「それでか」

「そうよ、それに綱成(つなしげ)の妹の子だ、義理とは言え北條の血を引いていると言えるからな」

　そう言いながら、二人して笑い出す。

「しかし、面白き事よ。早雲爺様もこのような事を知ったら墓から飛び出してくるかも知れんな」

「アハハ」

　この日は夜遅くまで明かりが消える事がなかった。

救荒作物と煙硝作り

天文二十（１５５１）年七月五日
■相模国西郡　北條幻庵久野屋敷

今日は図らずも天正十八（１５９０）年に北條家が豊臣秀吉に降伏した日じゃないか、まあ関係ないけど。幻庵爺さんに引き取られて早くも半年経った。しかしなんだ、この爺さん、年寄りだから朝早いのは判るが、日の出と共に起きて、俺も起こされ本殿の掃除に薪割り、それが終われば今度は朝練だ！　それが終わって朝食だけど、玄米に野草の入った糠味噌汁（大豆味噌は主に戦時中用）、里芋、梅干しと精々鰯や鯵が付く程度。まあ庶民に比べれば贅沢だが、爺さん、馬術、弓の名手だし、元々北條家は作法伝奏を業とした伊勢家出身だから、その後継者として文化の知識も多彩で、和歌、連歌、茶道、庭園・一節切などに通じている。しかも手先も器用で、鞍や鐙作りの名人で「鞍打幻庵」とも呼ばれたんだそうで、時折作っているのを見せてもらっている。

しかし、仕込みが厳しいわ。爺さんの子供の時長殿、綱重殿、長順殿も苦笑いしながら〝俺達もこの扱きに耐えたんだから頑張れ〟と応援してくれるけど、未だに手も足も出ないそうだ。全くドンだけ強いんだ、この爺。

しかもだ、この年で六歳になる娘までいるとは。確かこの子は世田谷(せたがや)領主の吉良氏朝(きらうじとも)に嫁ぐはず。あと本来の歴史で行けば北條氏光(うじみつ)の妻になる姫までいるはずだが、未だ生まれてないって事は、これ以降に生まれるって事だよな。すげーお盛ん！　まあ毛利元就(もうりもとなり)も九男小早川秀包(こばやかわひでかね)が出来たのが七十歳のときだったはず。まあこの爺(じじい)ならあり得るわ。

「さてさて、勉強も作法も武術も必要だが、まず考えなきゃならないのは飢饉対策か……」

此方(こちら)もこの後に起こる関東地方の災厄を知っている以上は座して目する事も出来ないから、所謂(いわゆる)〝義を見てせざるは勇なきなり〟だからね。なんと言っても数年後には旱魃や洪水なんかの自然災害で飢饉になる上に、来なきゃ良いのに態々越後(わざわざえちご)から上杉が出稼ぎのように秋に攻めてきては略奪しまくる事で、最悪な飢饉になるからな。その対策を考えなきゃならないな。

んー、ここはやはり救荒作物を大々的に耕作放棄地に植えさせて、それを保管させるシステムが必要だ。

救荒作物として有力なのはジャガイモだが、この時代未だヨーロッパにも入ってきたか来ないか状態でアジアまで届いてないから駄目、トウモロコシも同じだ。サツマイモも同じで、この時代はフィリピンから中国に伝来したのが文禄二（１５９４）年である事を考えると、もしかしたら東南アジアになら有るかも知れない。確実なのは十世紀に南米から流入したらしいニュージーランドになら有るんだが、そこまで行けないので駄目。

けど、もしかしたらポルトガルかスペイン人商人から手に入れられるかも知れないので、国府津(こうづ)湊(みなと)や品川湊や江戸湊の商人へ頼むのも手か。しかし、こう考えるとこの時代が一番やりづらい事が判ってくる。

そうなると、サツマイモには期待だが、それが駄目なら旧来の救荒作物の粟、稗（ひえ）、黍（きび）、モロコシ、蕎麦を植えるしかないな。後は里芋の生産で芋茎（ずいき）を大量生産し保管しておくしかないか。塩も大量に製造しないとだから最初は入り浜式塩田の試験を行って、その後流下式塩田にして竹に海水ぶっかけて蒸発させる方式で行けばかなりの成果が出るはずだ。

後は、義倉の制度を作れれば良いのだが、年貢の一割を義倉に蓄えそれを飢饉のときに放出すれば救荒は可能なはず。日本や中国でも昔は行っていたし江戸期に入ると七部積み金や社倉として復活しているから、この北條家の税制体系なら可能な事だと思う。なんせ悪徳代官とかは目安箱による訴えで処罰されているのだから、よほど江戸幕府より進んだ施政だ。敵ながら天晴れとしか言いようがない。

武蔵野の開墾だって各地から流れてくる流民を屯田兵として開墾させれば、実質そんなに費用も懸からずに最終的にペイ出来る。多摩川用水を作るとしたら、完全コンクリート作りで船運や筏流しが出来るような水深と幅を持たせて作っておくと良さそうだ。北から来る脅威に対し、大堀として流用するのも一興だ。

用水の南側に村を作って、ズラッと砦状態にすれば、襲われる前に避難が可能になるしコンクリート製の壁も作ろうと思えば作れる。流石（さすが）に鉄筋はないけど、太平洋戦時中に作った国鉄戸井線のコンクリート陸橋は鉄筋ならぬ竹筋コンクリート造りなのに戦後七十年経ってもビクともしない状態なので、その頑強さが判るというものだ。

それにコンクリート自体は作る事が可能だ。青梅や奥多摩や日の出から石灰石を産出すれば、北條氏とても三田家を冷遇する事もないだろうと思うんだが、如何せん自分の領土にした方が手っ取り早いと動く可能性もあるんだよな。

「あーあ。公共の幸せを取るか家族の幸せを取るかって難しいよなー」

本来であれば、対北條戦用に考えていた作戦が此処にいる状態じゃ全く手がつけられないしな。宝の持ち腐れも嫌だし、幻庵爺さん厳しいけど基本的に良い爺ちゃんだし、氏康殿も資料で読んだ通りの民政に気を配る良い殿様だった。

長男新九郎殿もお優しい御方だ。けど早死にしちゃうんだよな。なんとかしたいが、原因がなんだか判らないから動きようがないんだよ。次男松千代丸（氏政）殿は、俺の事を見下す態度が在り在りだったんだよな。流石北條家を滅ぼした四代目と言えるか。まあ今は次男だから良いんだけど、あれ世継ぎになったらどうなるやら不安だ。

意外だったのは三男藤菊丸（氏照）殿。本来なら三田家最大のライバルで怨敵なんだけど、スゲー良い奴だ。氏政が『精々殺されぬように大人しくしているのだな』と言ったのに、〝齢九で親元を離れて寂しかろうが、幻庵老の優しさはよう知っておる。時々遊びに来るが良い〟だからね、人格的に出来た人物だよ。敵じゃなければ良い友人になれそうな人だ。

四男乙千代丸（氏邦）殿は、あの年齢で腹黒い、凄まじいぐらい腹黒い。俺は九歳だが前の人生を合わせれば優に氏康殿に匹敵する年代生きてきたんだから、あの程度の擬態じゃ騙されないですよ。流石に養父が死んだ後に義弟の用土重連を暗殺しただけの事はある。

五男の竹千代丸（氏規）殿は無邪気な子供だったけど、これから暫くすると今川の人質になって松平竹千代（徳川家康）とお隣になるんだよな。それで仲良くなったはず。もしかして幼名が同じだからかも知れないな。

長女の綾姫様はそのときに今川氏真に嫁いで早川殿と呼ばれるんだけど、今川義元戦死後はまるでどさまわりの芸人のようにあっちこっちをたらい回しだし、実家からも武田に遠慮する為に追い出されるし気の毒なお人だ。美人なだけに薄幸の美女の名がピッタリ合うんだよ。

次女の麻姫様はあの黄八幡として有名な北條綱成の子である氏繁に嫁いで新光院殿と呼ばれる。彼女は子宝にも恵まれたんだよ。

三女の妙姫様は気の毒なお人だ。俺より一つ下の数え八歳だが、下総の千葉氏第二十五代当主千葉親胤に嫁ぐんだけど、旦那が弘治三（１５５７）年に十七歳で暗殺されて未亡人になるんだよ。それ以来歴史に出てこないから、どうなったかは不明だけど、そのとき一緒に死んだ可能性もある。しかし弘治三年って数えで十四歳かよ、実質中学生。まあこの時代結婚は早いから、実際徳川家康の両親も十五歳と十三歳だったからまあ普通か。それにしても可哀想な気はするね。

まあこれも戦国の世のならいとして俺がどうこう出来る事じゃないし、出来る限り頑張れと応援するしかないんだよ。それにしては不思議な事もあるもので、時たま幻庵爺さんと一緒に小田原城へ行くと、新九郎殿、藤菊丸殿、竹千代丸殿の奇数組とはウマが合うんだが、偶数組は殆ど顔も合わせやしない。

その上姫様達はお優しいし、怨敵北條っていう気持ちがぐらつくね。特に妙姫が健気にも甲斐甲斐しくお世話しようと頑張ってくれて、スゲー心が和むわ。ロリじゃないですよロリじゃ、父性愛と言うものですから。決してロリじゃありません!!

氏政、氏邦コンビは会う度に嫌みを言ってくるし。新九郎殿、藤菊丸殿、竹千代丸殿とは戦争はしたくないが、氏政、氏邦ならかかってこいと捨て台詞を残して戦いたい心境になる事が多々ある。

それに老臣の松田盛秀(まつだもりひで)の息子憲秀(のりひで)も嫌な奴だ。筆頭老臣の息子ってだけで、見下した態度を取りやがる。こちとらテメーが三十九年後に豊臣秀吉(サル)に内応を約束している事も知っているから、胡散臭く見たのが原因かね。それなら自分のせいでもあるけど、氏政と一緒になって愚弄してくるから、なんかむかつく。

「まあ頭に来る事は置いといて、科学技術の進歩をさせなきゃだな」

硝石(しょうせき)作りについては、箱根の地熱を利用して硝石穴を恒久的に温める方法を作成し、囲炉裏端に穴掘って温める方式との検証実験中。これも爺さんとの話の中で聞き出された物だ。しっかし爺さん、凄く聞き上手だ。それに日本最初の人工硝石作りの名誉を取りたいという研究者の好奇心が機密に勝ったと言うかなんと言うか。

馬小屋とか古い民家の床下やトイレから硝石が取れると聞いたときの爺さんの驚き振りは傑作だったね。

「さて、余四郎(よしろう)、おぬしの言う硝石の作成法じゃが、本当に出来るものなのかな?」

「出来ます。蚕(かいこ)の糞、黍殻、尿などを混ぜ合わせれば、五年ほどで床が出来ます」

「ふむ、五年か。儂は生きておらんかも知れんな」

いえ、とんでもありません。貴方は九十七まで生きますよ。

「最低五年で、翌年からは毎年生産が可能になります」

「ではやってみるが良いが。困った事に御本城様に煙硝の見本を渡さねばならん。何か良い手はないか？」

んー、あの手を教えるか。人工硝石作成には氏康殿と爺さんの協力が必要だからな、実家じゃこうはいかんから。

「それならば、馬小屋、民家の床下、厠の下から土を取り、加工する事で煙硝が出来るそうです」

「ほう、真か」

「教わりました」

「余四郎はそれを覚えているのか？」

「覚えております」

「良し、明日からでも作ってみると良い」

「はい」

爺さん、ニヤリとしやがった。ああ。また乗せられた!!

爺さん、上手すぎるぜ、俺が間抜けなのかも知れないけど。

そんな訳で、まず下男や厩番などを動員して、厩や古い家の床下の表面の黒土を大量に集め、大桶に入れ、水を加え、含まれている硝酸カルシウムを水溶液として抽出。この水溶液を大鍋で加熱し、これを木灰を入れた桶に注ぐ事により、高濃度の硝酸カリ水溶液となり、これを濾過し煮詰めて乾燥すると粗製の硝酸カリウムが出来ると言う訳で、作業工程を見せた氏康殿と爺さんも盛んに頷いていたな。

爺さんは盛んに『うむー、これは凄い。しかし一度取ったらどの程度でまた取れるのだ』って鋭い質問をしてくるし、氏康殿は『煙硝を国産化出来れば、これほど良い事はない』って言っていたが、俺を見る目が獲物を狙う鷹のような目なんだよな。これは秘密を守る為に消されるパターンなのかと思ったが、此処数か月なんの危険もないから平気なんだろうけど、不安だ!!

天文二十(1551)年五月二十日

■相模国西郡小田原城

余四郎が煙硝を作成したその日、小田原城内では北條氏康、北條氏堯(うじたか)、北條幻庵の三者が会談を行っていた。

「幻庵老、三田の小童(こわっぱ)は噂に違わぬ麒麟児よ」

酒を飲みながら北條氏堯が話しかける。

「確かに、一度聞いただけの事を実践出来るのは凄いが、それだけではない気がするの」

「未だ未だ才能を隠しているという訳か」

「何れにせよ、今日の煙硝だけを見ても、余四郎を他所へ送る事も、ましてや勝沼へ返す事も適わん」

幻庵、氏堯の言葉に氏康が返す。

「そうさよ、俺が見ても才気が有る。あれを逃がせば北條の為にならん」

「それよ、やはり妙の婿に強引にでも迎え入れるしかない」

「三田は何時裏切るか判らんが、それでも残すか？」

「家を潰すより、残すを選択するであろうよ」

「幻庵老には引き続き頼みますぞ」

「左京殿、お任せあれ」

稽古はつらいよ

天文二十（１５５１）年夏〜冬

■相模国西郡

幻庵爺さんにドナドナされて数か月経った頃。幻庵屋敷には子供達の大きな声が響いていた。

「ドリャー!! ウヲー!!」

「ダー！ ドリャー！」

「エヤー！ トイヤー！」

「未だ未だじゃな」

其処には素鎗を持ち藁束相手に鍛錬する余四郎やお付きの者達の姿が有った。

稽古を見守るのは幻庵老であり、歴戦の勇士としてのアドバイスを的確に行っていた。

「はぁはぁ」

「流石に疲れたか？」

汗だくの余四郎は息も絶え絶えであった。

「ハァハァ、起きてからぶっ続けですから……」

「儂が若い頃にはこれぐらいでは息を切らした事などなかったのじゃがな」

「流石に……」

グッタリする余四郎に幻庵は仕方がないかという顔で、『しばし休憩じゃ』と井戸で汲んできた水を与える。それを貪るように飲み干す四人であった。

これが最近の幻庵屋敷の朝の風物詩となっていた。


そんなある朝、余四郎が新しい鎗を作ったと持ってきた。

「幻庵様、今までの鎗と違う形の鎗と使い方を考えたのですが、見てください」

余四郎は素鎗の下に木製の三日月型穂が付いた鎗を握っていた。

「ほう、これはどのようなものかな？」

興味津々に幻庵は尋ねる。

「はい、この鎗は十文字鎗と称しまして、突く、防ぐ、掻き切るの三役が出来るものです」

「ほう、やって見せよ」

そう言われた余四郎は藁人形相手に使用してみるが、幻庵は素早く感想を言ってくる。

「見事と言えるが、この鎗はある程度熟練せぬと鎗により自らが振り回されるの。それに木々が多い所では穂がつかえて使いにくくなろうな。しかし使いようによっては面白いやも知れぬ、お主に合う丈で作らせてみようぞ」

「ありがとうございます」

数か月後には十文字鎗を振り回す余四郎の姿が見られるようになった。


ある日の稽古では、藤菊丸と余四郎が弓の鍛錬をしていた。此処でも幻庵が指南していた。

「弓も稽古が肝要じゃ。彼の鎮西八郎や那須与一といえども稽古せずにはあれほどの活躍は致さなかったであろう。何事も日頃の鍛錬よ」

藤菊丸も余四郎も幻庵の言葉に頷きながら、弓を持ち引き絞って放つを繰り返す。

「ほれ、藤菊丸は引き絞りが甘いわ！」

「はい」

「余四郎は弦を引かずに弓を押し出すようにせい。そのような事では的にも届かんぞ！」

「はい」

余四郎にしてみれば、前世の大学時代にサークルでアーチェリーをしていた関係でアーチェリーの癖がどうしても出てしまっていたのであるが、和弓と洋弓の違いを直すのに苦労する事となった。

昼餉になり、余四郎と藤菊丸が話していた。

「鎮西八郎と言えば、源 為朝ですか」

「為朝と言えば、あれだろう、九州で暴れ回って親父の為義に迷惑かけたという」

「平治の乱で大活躍したのですよね」

「ああ、ヒョーイと矢を放つと一人目を貫通して二人目まで刺さったんだよ」

「あの平清盛も逃げ出したのですから、流石坂東武者と言えますね」

「負けた後も伊豆大島に流されて其処を支配してしまうんだから、凄いの一言だよ」

「追っ手が来たときも、三百人乗りの軍船を一矢で真っ二つだって言うのですから、此処まで来ると作りすぎな気もしないではないですけど」

「違いないな」

そう言いながら余四郎は〝軍船を真っ二つってミサイルかよ〟と思っていた。

そんなこんなで次第に様になってきている二人であった。


またある日には、小田原城内の道場に余四郎が竹で出来た棒のような物を持ち込んできた。興味津々に藤菊丸が近寄り質問する。

「藤菊丸様、おはようございます」

「余四郎、おはよう。所でそれはなんだ？」

「これは木刀に代わる、竹で出来た竹刀というものです」

「竹刀？」

「何故竹で？」

周りの者達も興味を持ったのか集まってきた。

「木刀だと本気で殴り合った場合、下手すれば死ぬかも知れません。竹刀ならその心配が非常に低くなると思いました」

この答えを聞いた松田憲秀は、馬鹿にしたような顔で余四郎を見ると吐き捨てる。

「ハハハハ、なんともまあ、情けなき男よ。この小童は武士のくせに命が惜しいと見えるわ、ほんに憶病者よの」

憲秀の取り巻き連中も口々に『憶病者じゃ』『憶病者よ』と指をさして笑うが、その笑いに参加していなかった十二歳ほどの若武者がスタスタとやってきて、余四郎の前に来て話しかけてくる。

「拙者は、松田康定が次男孫次郎と申す。その竹刀をお貸し頂けないか？」

松田と聞いて、余四郎も身構えるが、何かしでかそうという感じには見えなかった為に竹刀を渡す。

「忝ない」

そう言うと、孫次郎は素振りを始める。その姿を見て憲秀が『孫次郎、何をしている！』と苦言を言うが、全く関係ないとばかりに郎党に自分の体を叩かせたりして具合を見ていた。暫くして一通り汗をかいた孫次郎が竹刀を返しに来た。

「三田余四郎殿ですな。この竹刀とやらは熟練者にはあまり必要とせぬでしょうが、子供や未熟な者の鍛錬には面白いやも知れん。他にも熟練者が未熟な者を教えるにも役に立とう。これは拙者も是非欲しいものだ」

　そう言われた余四郎は、松田一族にもまともな人間がいるのかと感心していたが、自分が未だまともに名乗っていないのを思い出して速攻で挨拶した。

「ご挨拶が遅れ申し訳ございません。いかにも、私は三田余四郎にございます。竹刀を評価して頂きありがとうございます。今は未だ試作の域でございますが、近日中にもお送り致します」

「ありがたや、これで益々鍛錬に面白みが出来ますぞ」

　外野では松田憲秀達が『孫次郎！』と騒いでいたが孫次郎は憲秀を一睨みで黙らせ、笑いながら道場を後にしていった。

　松田孫次郎、後の松田肥後守康郷（ひごのかみやすさと）。史実では下総（しもうさ）臼井城の戦いで大活躍。後に上杉家の記録にはこのときの敗戦がなかった事として記載されなかった。それほどの空前絶後の大敗北を上杉謙信率いる越後勢に与えた一人として有名になる人物であるが、このときは未だ十二歳。しかし人物が出来ており余四郎に対する態度を見ても非常に好感を持てる男であった。

塩を作ろう

天文二十一（1552）年一月二十日
■相模国西郡小田原

厨房で僅か十歳程度の子供が漬け物を漬けているが、その仕草はお飯事のように幼稚ではなくとても本格的である。

「うーん、なんか塩の味が悪い気がする」

「どれどれ」と一緒に漬けていた小母さんが塩をなめて話す。

「ああ、こりゃ近場の塩だからだね」

「近場の塩？」

「だよ。御殿様が海岸でお作りになっている塩なんだけど、言っちゃ悪いが伊勢塩より何故か味が悪いんだよ」

「幻庵様は塩も作っているのか」

「お殿様は色々なさってるからね」

「成るほど。味が悪いのは、製作方法や海水の不純物や塩田の形式がどうかで決まるし……」

ブツブツ言っている余四郎(よしろう)を『何時(いつ)もの事だがね』と見ながら、小母さんはせっせと漬け物にする菜を樽に漬け込んでいた。


数日後、稽古の後は畠や野山などで駆けまわっている時間なのにもかかわらず、余四郎が幻庵の元を訪れた。

「幻庵様、宜しいでしょうか？」

幻庵は、これは何かあるなと作成中の笛を置いて顔を上げる。

「余四郎か。一休みする所じゃ、入ってきなさい」

「はい」

幻庵の答えにスーッと障子が開いて余四郎が姿を現す。

幻庵は余四郎がまた新たに何か考えたかと思い聞く。

「余四郎、此度は何をするつもりぞ」

「幻庵様、聞く所によりますと、塩を作っているとか」

そのような事かと幻庵は頷く。

「うむ、海岸で塩を作らせておるが、それが如何(いかが)した？」

「先日、漬け物を漬けている最中に幻庵様の塩を使ったのですが……」

歯切れの悪そうに言葉を止める余四郎に、理由の判った幻庵が話しかける。

「塩の味が悪いか」

「はい、伊勢の塩に比べ味が悪いように感じました」

「ふむ、やはり判るか」

余四郎の言葉に幻庵が難しい顔をする。

「はい、塩浜を見てみないと判りませんが、海水に何か混じっているのではないかと思うのですが」

「そうじゃな、儂の塩浜は御幸の浜じゃからな。丸子川（酒匂川）、山王川、早川が流れ込んでおるからかも知れぬが、塩気も薄い上にどうしても味が落ちるのじゃよ」

幻庵は仕方がないという顔で答える。

「成るほど。所で塩浜ではどのような方法で塩を作っているのでしょうか？」

謎の僧である沢庵から知識を得て博識の余四郎といえども塩浜までは判らぬかと考え、言うより見せた方が良いなと思い余四郎と共に浜へ向かう。

僅かの時間で砂浜へ着くと、其処には一面の塩田が広がっていた。その規模に思わず唸る余四郎と、それを見て微笑む幻庵。そして幻庵が塩浜の説明を始めた。

「どうじゃ、立派な物であろう」

「はい、凄い規模ですね」

「うむ、苦労致したが、ここまで育てた訳じゃ」

「成るほど、で塩浜の作りは？」

「うむ、この浜の下に粘土で水が漏れないようにして、その上に砂を敷いて其処へ海水を蒔いて蒸発させ、その砂を集めて濃い塩水を作ってそれを塩竈で煮詰めて作るのじゃ」

「成るほど、それでは相当に人手と薪が入り用な気がしますが」

「うむ、その通りじゃ。砂を敷くのには多くの人手が必要な上に、満遍なく敷くには熟練の技が必定じゃ。それに海水を蒔くのも桶で汲んだ海水を大柄杓で満遍なく蒔く為に人手とそれ相応の技量が必要でな。その上、川の水のせいで塩気が薄いので必要以上に薪を使うはめになっておる」

「それで、質が良くないのですね」

「そうじゃ、伊勢塩に比べて質が悪い上に作るのに金がかかるので、あまり売れぬのじゃ」

幻庵は仕方のない事だが、と言う表情をしている。

「成るほど。私が以前、沢庵殿に習った事の中で塩浜に関する事が有りましたので、それを書き出してみたいのですが」

「なんと、沢庵はそのような事まで教えていたか。余四郎よ、どの程度覚えておる？」

沢庵の教えであればかなりの専門的な事ではないかと幻庵は考えた。

「はい、この塩浜に比べて遥かに使いの良い方法を覚えております」

「そうか、ならば日々の稽古は大変であろうが、出来うる限り早めに書いて貰いたい」

「えっ」

「余四郎、稽古を怠けると後で困るぞ」

塩浜の事で、稽古を休めると考えていた余四郎であったが、幻庵はそうは問屋が卸さないと釘を刺したのである。余四郎は『当てが外れた。幻庵爺さん酷いなー、トホホホ』と考えながらも、実際に見た製塩方式があまりにも古いので〝此処は一気に近代化してやるぜ〟とついつい力を入れるのであった。

十日ほど後に再度余四郎が幻庵の元を訪れ、幻庵に一冊の本を渡す。

「幻庵様、やっと出来ました」

「御苦労じゃったな」

幻庵は余四郎から受け取った書物をペラペラと捲っていきながら、次第に目を見張り始める。其処には幻庵が行ってる塩作りとは違う方法が幾つか載っていたからである。

「これは……」

そのまま食い入るように本を読みふける幻庵。余四郎は蚊帳の外であるが読み終わるまで待っていた。

暫(しばら)くして、読み終わった幻庵が顔を興奮したかのように上気させ余四郎に話した。

「余四郎、これは画期的な書となるやも知れんぞ」

「そうでございましょうか？」

すっとぼけた様子の余四郎であるが、幻庵は気にせずに話を続ける。

「儂の作っておる塩浜は揚浜式と申すようじゃな」

「はい」

「多くの欠点が有るか」

「そうでございます」

「まず人手がかかりすぎるか、確かにそう言えるの。余四郎の書いたように入り浜式や流下式などを作れば今までより遙かに人手を減らせる上に、この枝条架なる物を使えば、天日と共に風も使って乾燥出来る訳か。確かに考えてみればその通りじゃ、このような簡単な事に気づかぬとは、慣習とは恐ろしものよ」

「慣習を壊すも進歩の内と申しましょうから。ではそれを作りますか？」

余四郎に言われたが、幻庵には懸念が有った。

「作りたいという思いは有るが、入り浜式は、潮の干満が大きな所以外は使いにくいようじゃ。そうなると流下式が良いのじゃろうが、問題は揚水をどのようにするかじゃ。入り浜式に比べて流下式は海水を一旦高い所まで上げねばならぬようじゃが、これは人力で上げるしかなかろうから、結局は人手がかかりすぎるの。例えば余四郎が以前作った水車を使うとしても、川と違い海では波で壊されるのが目に見えておる」

幻庵の考えとしては、流下式塩田にするとしても海水を高台へ上げるのはどうしても人手がいる事であったが、それを解消する手を余四郎は知っていた。そして絶妙のタイミングで指摘する。

「幻庵様、人手を減らした状態で水を高台に上げる事が出来れば良いのであれば、二つほど考えがございます」

その言葉に幻庵は余四郎の考えでなんとかなるのではと考えた。普通であれば十ほどの子供の世迷い言と笑っているはずであるが、余四郎は子供で有りながら青梅（おうめ）時代に既に黒色火薬を作り上げた。洪水で筏が通りにくくなった多摩川の大岩を火薬で爆破した為に火薬を知らぬ領民にしてみれば、大音量と火花により雷が落ちたと勘違いして、余四郎様は雷で大岩を砕いたと騒ぎ、それ以来、天神様の申し子とされた。そんな余四郎であるから故に、幻庵は余四郎の知識と沢庵より受けた教えを見込んだのである。

「余四郎、二つとは如何なる方法じゃ？」

「暫しお待ちを」

そう言うと余四郎は部屋へ荷物を取りに戻っていった。

その姿を見送りながら、幻庵は『やはり麒麟児よ。左京殿には妙との事も早急に決めるように進言しなければならぬな』と呟いていた。

暫くして余四郎が紙束と模型を持って帰ってきた。

「お待たせ致しました」

幻庵に見せた模型には、揚水用の螺旋筒（アルキメディアン・スクリュー）と手押し式揚水筒（手押し式ポンプ）であった。

余四郎から模型と仕様書を受け取った幻庵は仕様書を読んだ後、〝うんうん〟などと言いながら模型を動かす。

「余四郎、これは何処（どこ）から来た物か？」

幻庵の疑念も尤（もっと）もである為、余四郎は確（しっか）りと答える。

「はい、これは今より千七百年ほど前の大秦（ローマ）地方（ヨーロッパ）のアルキメデスなる偉大な人物が発明したそうでございます。それが蒙古の時代に唐へ伝わったそうにございます」

無論蒙古云々は余四郎のでっち上げであるが、一番説得力が有った為、幻庵も十分に誤魔化された。

「成るほどの。で、この模型は動かす事は出来るのかな？」

その質問を待ってましたとばかりに余四郎は肯定する。

「はい、これは模型とは言え確りと作りましたので動かす事は可能です」

「うむ、ではやってみよ」

「はい」

余四郎は早速庭に出て井戸から水を汲み盥(たらい)に満たすと、最初に螺旋筒を突っ込んで動かし始めた。

そうすると、余四郎が説明した通りの動きで水が次々に揚がり、上に置いた桶に流れ込んでいく。

次に手押し式揚水筒を同じように動かすと、それもまた同じく水を揚げていく。

それを見ていた幻庵は「ほう、見事な物よ」と感心する。

実験が終わり、座敷へ帰ると、幻庵は余四郎に再度質問をする。

「余四郎、これらの物だが、何故模型で終わっているのか？　本格的な物は難しいという事か？」

この質問に余四郎は答える。

「これらの品ですが、模型では木材などで製作したのですが、実物大となりますとどうしても鋳造や鍛造で部品を作らなければなりません。勝沼時代は鉄が貴重でこのような事に使う事が出来ませんでしたし、今でも同じ状態で有りましたから、躊躇していた次第です」

「成るほどの。確かに、海のものとも山のものともつかぬ物では鉄を使う事も叶わぬか」

「はい、その為に、農具や諸道具も木製の模型は作れるのですが、実物大で鉄の物を作る訳には行かずに弱っておりました」

別の諸道具と聞いて幻庵は、余四郎の事であるから嘸や不思議な物であろうと聞いてみる事にした。

「ふむ、しかしこれほどの効果のある物であれば御屋形様も許可してくれよう。所で諸道具とは如何なる物じゃ？」

「諸道具でございますか、少々お待ちを」

そう言うと再度部屋へ戻る余四郎。今回は更に早く帰ってきて色々な道具を見せる。

「これは鍬か、これとこれはなんじゃ？」

余四郎が見せたのは三又に分かれた鍬のような物と十字型の物、楕円に棒の付いた物であった。

「これは、三又鍬（備中鍬）と申しまして、今までの鍬の欠点を解消した物です」

「ふむ」

「今までの鍬は全体が木製で刃の部分のみが鉄だった為に、固い場所を掘るのには適しませんでした」

「そうよの、固ければ全体が折れてしまうの」

「かといって、全体を鉄で作ると金が掛かりすぎます。其処で三又として材料を減らした上で、三又故の効果で湿り気のある土を掘削しても、金串状になっている歯のお陰で歯の先に土が付きづらいのです。これは普通の鍬にない点で、坂東の荒れ地や湿地を開発するのに適した物と考えておりました」

「ふむ、それが本当であれば、まず少数を作り試してみるが良いな」

「ありがとうございます」

「で、これは？」

「これは円匙（シャベル）といいまして、この様に地面を掘る物です」

余四郎は模型の円匙を地面に突き刺してみせた。

それをまじまじと見る幻庵は、次に十字型の物を指した。

「では、これもか？」

「これは十字鍬（鶴嘴）といいまして、木起こしや固い地面を砕くときなどに使います」

「これは、作事や戦にも使えるの」

幻庵は長年の経験からそう感じた。

「はい、その通りでございます。十字鍬で固い地面を砕き、この円匙で土を掘ります。これによって例えば城の堀などを作るとしても、今までの鍬や鋤で作るより遙かに楽に土砂を掘る事や移動させる事が出来ます」

幻庵は余四郎の説明で、この品々は役に立つと感じた。

「面白い考えだ、御屋形様にも直ぐにでも伝えようぞ」

「はい」

余四郎を帰すと幻庵は早速預かった品々を持って氏康（うじやす）の元へ向かい、事の次第を説明した。その結果、氏康も余四郎の話に大いに関心を持ち、鍛冶屋、鋳物師の全面的な利用の許可を与えた。この結果、試行錯誤が行われたが二か月後には満足出来る品が出来上がり、氏康が見守る中で螺旋筒、手押し式揚水筒、三叉鍬、十字鍬、円匙のお披露目がなされた。期待に添える働きを見せた事で北條（ほうじょう）家として全面的に製造し利用する事が決まった。


その夜の宴に呼ばれた余四郎は、新たな提案を行い氏康達を更に驚かせた。

「余四郎、見事な物を考えたの」

氏康が、喜びながら余四郎を賞める。

「ありがたき幸せですが、元々は沢庵殿からの知識を得た物故、あまり自慢出来る物ではございません」

謙遜する余四郎の肩を氏堯（うじたか）が叩きながら言う。

「なんの、沢庵は確かに凄かろうが、幼き頃に聞いた話を覚えて消化させられるお主も大概の男だ」

「そういう事じゃ。余四郎は少々奥ゆかしすぎるが、それが良い所とも言えるから考え物よの」

幻庵が笑いながら余四郎を茶化す。

余四郎の指導により、塩田の改良が行われた。塩分濃度不足や不純物混入などで悩まされていた事も同時に解決されたのであるから、幻庵の笑顔も当然と言えた。

主な改良点は、枝条架を大々的に採用し、水車動力で動くふいごで霧吹きを動かし、効率良く散布出来るようになった事である。

その上、余四郎が蒸気機関の原理を応用し、今まで捨てられていた廃熱を利用した簡易給水温め機を考案した事により、燃料の節約に加えて、製塩速度も向上した。

これにより、北條家の塩は、伊勢塩にも勝るとも劣らない評価を受ける事になった。

尤も余四郎にしてみれば、前世で色々知っていた製塩や蒸気機関車やらの構造から出た答えなので、自分の才能じゃないという後ろめたさからひけらかす事をしなかった訳であるが。

そのような宴の中、珍しく酔った氏康が余四郎に尋ねた。

「余四郎、塩などだけではなく、他に何かないか？」

そう言われた余四郎も、今後の事を考えて提案してみる事にした。

「さすれば、この度製作した円匙、十字鍬などですが、これは戦場でも大いに役に立つ物となりましょう」

「うむ、そうじゃな」

「しかし、これらの物を使いこなすには多少の熟練が必要でございます」

「何故かな？」

「はい、十字鍬は良いのですが、円匙は掘る際に足で踏みつけるように致しますが、総鍛鉄製ですから、固い為に素足や草鞋や草履では非常に危険です」

「成るほど確かに、足を痛めそうじゃな」

「其処で、円匙を扱う者には円匙に合った固い底を持つ下駄などを履かせる必要が有ります」

〝うむうむ〟と氏康が頷く。

「そうなりますと、不都合が生じます。当家の場合、百姓を集めて日時を決めて作事に当たらせますが、下駄の訓練をするのに時間がかかり、作事の時間が減ってしまいます。かといって四六時中下駄を履かせる事も出来ませぬ。草履、草鞋、下駄にはそれぞれの利点も欠点も有ります故」

余四郎の話が段々、奥歯に何か挟まったかのような言い方になっている事に氏康も幻庵も気が付く。

「余四郎、そうなると、そういった者達を専門的に育てよと言っておるのか？」

「その通りにございます」

「で、どうするのか？」

「どうするかでございますが、国中から仕事もないあぶれ者や家を継げない次男三男などを集め、作事を専門に行う者達とします」

「ふむ、その利点と欠点はなんじゃ？」

幻庵の質問に流石（さすが）だと思いながら余四郎は答える。

「はい、先ずは利点でございますが、作事をするたびに民を呼ばずに済みますので、民が疲弊しませんし、作事専門に仕込みますので、熟練者として安心して作事に就けさせますし、機密が漏れる心配も非常に低くなります。更に緊急の際でも直ぐさま作事に掛かれますので戦の際でも即応出来ます」

「ふむ、それは良いが欠点は？」

「はい、金が掛かる事、これ一点が欠点と言えます。私の考えでは、全ての者に衣食住と給金を支給し一年中作事を行わせますから余計に掛かります」

余四郎の話に〝うむー〟と三人が考え始める。

「利点としてその他にも、開墾や堤防建設などにも大いなる力を発揮出来ます」

こう言っているが、余四郎の考えでは、この工兵と言える存在は、何れ作りたい徴兵制及び志願兵制のテストヘッドとしようというものであった。これは最初っから徴兵制や志願兵制軍を作ろうとしたら、即在の権力体制から反対が起こる事が容易に想定出来たからである。その為に、当たり障りが比較的少なく、軍隊と違って、土木という国中が必要であり、製造する事の出来る存在を先に作る事で、兵制の改変に役立てようという壮大な考えから指摘しようとしていた事であったが、まさかこんなに早くぶっちゃけるとは思ってもおらず、こればかりは想定外と言えた。

しかし、二週間後に氏康に再度呼び出された余四郎は正式に作事衆、後の工兵隊の設立の為の資料作りを命じられる事になった。

初の謀略

天文二十一（1552）年二月二十日
■相模国西郡　北條幻庵久野屋敷　三田余四郎

　年も明け、塩の生産も軌道に乗り、多くの利益を得た幻庵爺さんが、分け前としてかなりの金額をくれたので資金的にホクホクになりました。

　それから暫くして、北條軍が関東管領上杉憲政様の居城上野平井城を攻め落城させたので氏康殿と幻庵爺さんも上野へ進軍中。

　自然と幻庵爺さんとの修行も休み中なので、色々と考えを纏めているのです。

　例えば硝石から硝酸を作成するのは、明礬と硝石を混合し蒸留する方法と、硝石と硫黄を燃やしてそれに水蒸気を混入し、硫酸を作成し、その硫酸と硝石を混合して蒸留して、その蒸気を冷やす方法の二つがあるんだよな。ここは是非、培養法である程度人工硝石が作成出来たらやるしかないな。

　硫黄自体は箱根から取れるし、幸いな事に伊豆半島西海岸の黄金崎の北の宇久須に明礬とガラスの原料である珪石の鉱山が露天掘り可能な状態であるから、其処から採掘すれば良い訳だ。意外と北條家領には鉱物資源が眠っている。

土肥(とい)金山もこの時代は未だ発見されていないし、石膏の取れる渋沢鉱山も手つかず。秩父(ちちぶ)鉱山も未だに未発見と来ている。この宝の山を有効的に使ったのが徳川家康(とくがわいえやす)だが、家康の汚いやりようを知っている以上は使わせたくないのが心情なんだよな。

批判はさておき。硝酸が出来れば、火薬生産に非常に増長性が出てくるんだが、問題は製造道具から作成しないと駄目という事。蒸留や乾留するランビキも必要だし、まずはガラス細工が出来るように陶器職人を廻して貰わないとだし。結構遠回りしていかないと駄目だ。

ガラス器だけでなく陶器自体も磁器や釉薬を懸けた水が漏れないものを制作しなければならない。それさえ出来れば磁器や釉薬陶器やガラス器で商売が出来るから、幻庵爺さんも反対しないはず。

「んー、実験道具が出来たら早速火薬の作成なんだが、問題が多数有るんだよな」

将来的に言えば、白煙が凄い黒色火薬より煙の出ない無煙火薬が必要だから、この時代でも作る事が出来る綿火薬が良いのだが。綿火薬自体の製造法は知っているから、実験程度の量なら生産可能。しかし、最大の問題はハッキリ言って現在の状態では大量生産は無理という事。だって綿セルロースを硝化する事で綿火薬が出来るのだが、製造には清潔な水で数十時間、残った酸を洗わなければならないからだ。それに綿火薬自体に金属粉が混入した場合、異常爆発を起こしかねない。現在の流水は川の水だから、不純物が多数混ざるのは避けられない。

今の時代の鉄炮(てっぽう)は前から弾を入れる前装式の火縄銃だけど、装填速度とかが遅くて大変だから色々制約があるんだよな。本当ならば近代的な後装式小銃が欲しい。まあ試作程度なら後装式小銃自体は作ろうと思えば出来るんだが、今の技術力じゃ量産はまず無理。最大の問題は、後装式小銃に必要不可欠な金属薬莢がプレス機械がないので無理という事。尤も、水車動力で単純なプレスなら出来るかも知れないが、銃弾のお尻にある出っ張りである〝リム〟を作るような絞り型プレスなんぞ出来る訳がない。

フライス盤、ターレット旋盤とかは、水車動力で動かせるんだが、構造は流石に知らないし、試行錯誤で制作するにしても一人じゃ無理だし、どうしても即在の技術を最大限に使うしかない。鉄炮鍛冶の大量養成をするのが一番なんだが、これは北條家を強めるだけだし、非常に迷う状態だ。

前にも考えたが、ライフル自体は既にヨーロッパで十五世紀半ばに作成はされているから、その技術を入れられれば、旋条を入れる事も可能だろうが、日本には技術が流入してないから、装置や治具自体を自力で作成するしかない。

水車動力で銃身の刳り貫きしようにも、鍛造の鉄塊がないから無理。鉄もこの時代では溶解するのが非常に難しいので、やはり青銅で型鋳造するしかないんだよ。でも、頭の中には設計図が出来ているから、機関部や銃身やボルト部分ごとに砂型、石膏型、金属型を使い分けて製造すれば、この時代としては画期的な歩兵銃が出来るはずなんだ。

「んーん、やはり問題は金属薬莢だよな」

駄目だとすると、ドイツのドライセかフランスのシャスポーのような紙薬莢を作れば良いんだが、それでも撃針をボルトに入れるのが難しい。原理自体は知っているが、自分じゃ作った事ないからな。雷管である雷汞は雷化水銀だが、本の知識から硝酸＋水銀＋アルコールと判っている。それに近い爆薬で硝酸メチルなら、木炭を作るときに出る木酢酸から出来るメタノールと硝酸を混ぜ、乾留すれば出来るから、雷管なんかは作れると思うんだけど……。

無煙火薬は無理でも、黒色火薬より燃焼速度が遅くてライフルリング銃に合っている褐色火薬なら直ぐ作れるけどね。木が完全に炭化して黒くならないうちに焼き止めて作った褐色木炭18％、硝石を79％、硫黄を３％混ぜれば良いだけだ。

しかし、学生時代に散々雑学を仕込んだ事がこんな所で役に立つとは思わなかった。木酢酸だって某鉄腕番組からの知識だし、農薬として使えるから幾ら製造しても怪しまれずに流用が可能だし。

そうなんだよな、武器ばかりに目が行くけど、この時代は千歯扱き(こ)すら未だないんだよ。この辺は農民の苦労を少しでも減らす為に制作して貰おう。ただこれは未亡人が主にやっていた脱穀の仕事を取り上げてしまったので〝後家殺し〟とかって言われたらしいから、そんな事にならないように、綿繰り機を作って綿の生産と製糸と機織りを女性の仕事として与えれば、農村に余裕を持たせられるはず。まああまり機械化してもいけないが、ある程度なら許されるだろう。

ただアイデアを教えるのであれば、偶然思いついたの、神仏の加護だの、夢枕に立ったとか言えば、この時代は信心深いし、迷信や祟りを恐れるから、誤魔化せられるんだけど、鉱山も同じように神仏のお告げとしておけば大丈夫なのかは不安だ。いっその事ダウジングで見つけましたと誤魔化すか。んー、あの爺さんじゃ直ぐに見破られそうな気がするが、今はいないから新九郎(しんくろう)殿や藤菊(ふじきく)丸(まる)殿を煙に巻いて鉱山を発見させようか、どうしようか。

天文二十一（1552）年三月二十日
■相模国西郡　北條幻庵久野屋敷　三田余四郎

あの後、上杉憲政様は上野北部で抵抗してますけど、蟷螂の斧状態でジリ貧状態。歴史の結果を知っているので、この後、上杉家から養子が入った佐竹家へ行き佐竹義昭殿に上杉の名跡と関東管領職を譲るという話があるけど、それって佐竹側だけの記録で上杉側には何も残ってないんだよな。まあ史実になるか此処で見物だけど判るかな。

その後、越後に向かって長尾景虎殿に上杉の名跡と関東管領職を譲るんだよな。これの為に我が三田家は進路を誤ったという訳だ。北條へ来てから最近北條家の方が民には良い暮らしを与えているじゃないかとヒシヒシと感じてきたから、関東乱入の被害を考えると何か腑に落ちない気がしてきている自分がいるんだよ。

尤も鉱山に関しては戦争中で忙しく、未だ全然言えてません。その他も未だ机上の空論です。

おっ、屋敷が騒がしくなってきた。幻庵爺さん達が帰還だな、挨拶に行かなきゃ駄目だ。

玄関に向かうと皆が勢揃いして、帰ってきた幻庵爺さん達を出迎えていた。因みに俺が一番遅かった。

「今帰った」

「旦那様、お帰りなさいませ」

「お父上、兄上、御無事で何よりでございます」

「おう、結も元気であったか」

「はい」

因みに結ちゃんは、幻庵爺さんの七才の娘です。

取りあえずは挨拶、挨拶。

「幻庵様、時長様、綱重様、長順様、御無事で何よりでございます」

幻庵爺さん、俺の挨拶を聞いてニヤリとしやがった。

「ハハハ、余四郎、稽古がまた始まると、がっかりしておるな」

流石は爺さん、心を読まれたぜ。

「父上も、大概になされ。余四郎殿が困っておるぞ」

ナイスです、時長様。

「まあ、良い。儂等は暫く上野の平定を進めねばならんから、余四郎は暫し他の者達から勉学と武術を教わらせよう」

あっそうか。幻庵爺さん、確か上野の平定をして、一時期は沼田城まで落とすんだよな。その後に長尾景虎の猛攻で撤退せざるを得なくなるんだけど。

「平定でございますか」

「そうよ。上杉憲政殿の居城平井城は落としたが、当人は未だに上野北部で抵抗中じゃからな」

「それに、憲政の息子龍若丸も捕らえた故」

あっ、そう言えば思い出した。上杉憲政様の御嫡男龍若丸様の身柄は寝返った重臣妻鹿田新助(龍若丸の乳母の夫)により売られたんだ。それで氏康殿が処刑したというのを読んだ気がする。確か十一歳ぐらいだったはず。それにより上杉憲政様は長尾景虎殿を養子にしたんだよな。間違いなくこのまま行けば、龍若丸様は処刑される。可哀想と言えば可哀想だが、殺さずに利用出来るんじゃないか？　このまま何もしないで、上杉憲政様の元へ送り届ければ、他の関東諸侯に対して北條家の懐の大きさを示せるし、更に実子が健在なのに果たして憲政様が景虎殿に上杉の名跡と関東管領職を譲るだろうか？

仮に譲ったとしても、正当な上杉の後継者は非常に扱い辛いはず。特にこの後、長尾顕景の養子問題のときに龍若丸様を輝虎殿の養子として家を継がせろという派閥争いが起こるかも知れない。越後衆の上田衆に対する鬱積はかなりなものだからこそ、北條家出身の三郎景虎殿を担ぐ連中が多数出たのだから、此処で第三極が入れば益々混乱するのではないか？　此処で龍若丸様を殺させる事はさせない方が良い。

「幻庵様」

「どうしたのじゃ？　改まって」

「龍若丸殿ですが、如何なされるのですか？」

「元主家の嫡男であるから気になるか？」

「そう言う事ではありませんが、僅か十ほどと聞きました故」

「うむ、その通りじゃが、助命はならぬぞ。恐らくじゃが、磔にされる」

やはりか、此処は歴史に対抗だ！

「それはお止めください」

「余四郎、其れを言うのは止めておけ。お前だけではなく実家にも迷惑が掛かるぞ」

「いえ、慈悲の心からではないのです」

「なんじゃと言うのじゃ？」

「はい、子を殺された親が怒り狂うは必定なれど、如何せん憲政殿では大した事はない事は今までの戦振りから判りますが、自分の跡取りがおらず、手近に上杉家から養子に行った家があり、その家が強家であれば如何しますか？」

幻庵爺さんが考え始めた。

「うむ、確かに其処を頼るやも知れんが、佐竹では未だ未だだと思うが」

流石、佐竹の事を知ってるな。けど長尾の事は知らないみたいだ。

「いえ、佐竹ではなく、越後の長尾の事です」

「しかし、長尾は平氏、上杉は藤原氏、しかも血のつながりはないはずじゃ」

「はい、確かに越後の長尾には血のつながりはないはずですが、同族である下総の長尾が以前上杉家から養子を迎えたらしいのです。それを拡大解釈すれば長尾にも上杉の血が流れていると言えなくもないのです」

「成るほど、そう来たか。しかも長尾の当主は若くから戦に関しては才気を見せていると。それを上杉当主にするより、凡人を当主にした方が良いという訳じゃな」

「そういう事です」

「しかし、それだけでは説得力にかけるやも知れんぞ」

「それならば、長尾は先祖代々悪行を行ってきております」

「管領と、主殺しの事じゃな」

流石幻庵爺さん、知っているか。けど此処まで知っているかな?

「はい、長尾景虎の父為景は先々代の管領上杉顕定公と先代越後国主の上杉房能殿を殺しております。

しかし長尾家はそれだけではなく、結城合戦では捕虜にした関東公方足利持氏様の遺児であられる春王丸様、安王丸様を京への護送途中に長尾実景が惨殺しております。更に実景は主君である上杉房定殿に背いております。

これを考えるに、長尾は代々公方様(関東公方)、管領様(関東管領)、主家(越後上杉氏)に弓を引いた三大悪の大不忠者にございます。それに比べて北條家は、伊豆で足利茶々丸を追放はしましたが、殺したのは武田にございますし、茶々丸追討自体、将軍義澄様のご命令でございましょう。

小弓公方討伐とて兄に逆らった足利義明を公方様(足利晴氏)より命じられただけで全て上意討ちにございます」

幻庵爺さんは俺の弁に目を見張る。

「確かに、長尾と比べれば、当家は非難される事も少なかろう。しかし管領と戦った事は覆せぬぞ」

「はい、それに関しても、当家は扇谷上杉家の血を流しましたが、山内上杉家たる管領様の御一族の御血は流しておりません。その辺を鑑み、龍若丸殿をお返しすれば、管領様も考える事もあるやも知れません」

俺の話を素早く計算し、北條に益有りと感じた幻庵爺さんは氏康殿を説得しようと考えた。

「判った。氏康殿に早速伝えてこよう」

天文二十一（1552）年三月二十一日
■相模国西郡小田原城

余四郎が幻庵に龍若丸助命を願い出た翌日に、幻庵は氏康の元を訪ねていた。

「左京殿」

「幻庵老、如何致しましたかな？」

「折り入って話があっての」

「如何なる事でしょうか？」

幻庵の真剣な表情に氏康も興味を持つ。

「うむ。昨日じゃが、余四郎が龍若丸に関して面白い事を言ってきてな」

「龍若丸の事ですか」

「うむ」

「一体何を？」

「実は、龍若丸を上杉に返したらどうかと言うのじゃよ」

幻庵の話に氏康の顔が渋くなる。

「幻庵老、余四郎は旧主の命乞いをするほどに未だ上杉が恋しいのですかな？」

厳しい顔の氏康に対して幻庵は涼しい顔で答える。

「そうではないの、あれは北條の矜持を考えてくれておる」

「矜持ですと？」

不思議そうな顔をする氏康。

「左様、余四郎はこう言いおった。〝北條は管領家の血を流した事はない、長尾なんぞとは其処が違う〟とな」

氏康はそう言われ、思い起こしてみれば確かに北條は管領家の血を流させた事がない事に気づく。

「確かに、当家は堀越公方、小弓公方、扇谷上杉の血は流したが、山内上杉の血は流しておりませんな」

「左様じゃ。それに両公方は法住院様（足利義澄）と先代公方様（足利晴氏）の命で討伐したに過ぎないとも言いおったわ」

余四郎の洞察力の凄さに氏康すら舌を巻く。

「成るほどの」

「で、如何する？」

幻庵の目は会わせてみよと言っているのが判る。

「そうよな、余四郎と会わせても何ら不都合もないであろうから、叔父上にお任せ致しますぞ」

普段あまり言わない叔父上の意味を感じた幻庵は応じた。

「判り申した。可愛い甥の頼みとあらば、してみせようぞ」

「よしなに」

氏康は幻庵に余四郎の心の内を知りたいと頼んだのである。


翌々日、そのような事を知らぬ余四郎は幻庵から想定外の話を聞く事になった。

「幻庵様、余四郎参りました」

「うむ」

幻庵は挨拶もそこそこに本題に入る。

「余四郎、龍若丸殿の事じゃが、そなたが会って話をせよと左京殿は仰(おっしゃ)っておる」

余四郎にとっても何故という感覚であった為、幻庵に質問する。

「幻庵様、龍若丸殿との話とは、何の意味がございますのか？」

「うむ、為人を知りたいと言う事かの」

幻庵にしては歯切れの悪い言いように、余四郎も〝助命はならぬかな〟と感じていたが断る訳にも行かずに諾と言うしかなかった。

十日後、余四郎は幻庵に連れられ鎌倉東光寺に到着した。東光寺は大塔宮護良親王が幽閉された場所として有名であり、関東管領嫡男を捕らえておくには最も適している場所と言えた。其処の本堂で上杉龍若丸と会う事となった。

幻庵はその場には行かずに余四郎だけが本堂に着くと、龍若丸が先に待っていた。捕人とは言え関東管領嫡男である為、龍若丸が上座に座り、余四郎が下座に座る。

「龍若丸様におかれましてはご機嫌麗しく。勝沼城主三田弾正忠綱秀が四男三田余四郎と申します」

龍若丸はご機嫌が麗しいなどの訳がないが流石は関東管領嫡男である為、見ている者が惚れ惚れするほどの見事な挨拶を返す。

「左様か、関東管領上杉兵部少輔憲政が嫡男上杉龍若丸だ」

何を言って良いのか判らない余四郎は言葉が出ないが、龍若丸は「ふむ」と言いながら余四郎に話しかける。

「所で、三田は何をしに来たのか。私の処刑役か」

全く動じる事なく放つ龍若丸の言葉に余四郎は、たとえ前世の人生経験が有っても死に関してはメンタル的に弱い現代人であるが故に驚く。

「いえ、そのような事は」

「ハハハ、三田、そのように青い顔ではまるでそなたが処刑されるかのようではないか」

龍若丸の態度に押され放しの余四郎。

「お恥ずかしい限りでございます」

「フッ、三田よ、我は捕らわれようとも関東管領上杉の男じゃ。なんぞ死など恐れる事が有ろうか。惜しむらくは妻鹿田や乳母に売られた我が徳のなさよ」

同じ年でありながらこれほどの覚悟の有る龍若丸の態度に、余四郎は驚きを隠せない。彼の方が関東管領になっていればこれほど容易に北條は領土を拡大出来なかったのであろうと。そして思う、このまま返して良いのかと葛藤した。

「諸行無常とも言いますれば、妻鹿田は心が弱かったのでありましょう」

「そうとも言えるか。しかし、父上がしてきた事を考えれば、見捨てられるも致し方がない事。民百姓の事を顧みずに身内同士で延々と小競り合いを繰り返しておれば、民に見捨てられるは必定よ。正に驕れる者久しからずよ。唐の国々と同じように何時(いつ)までも家が続く訳があるまいに、父も皆も判らぬようでな」

余四郎はこれほどの人物とは龍若丸は末恐ろしいと感じる。

「龍若丸様が管領であられれば、こうも無様にはならなかったでありましょう」

「フッ、そうはならぬよ。北條殿と違い、管領には幕府以来のしがらみが有る以上は、我が管領になっていても遠からず、興雲院(こううんいん)様（上杉憲忠）のように害されていたであろうよ。つまりは何れ殺されるならば、家臣に寝首をかかれた阿呆な管領と言われるより、敵に殺されたと言われた方が百万倍もましよ。父上などは殆どの家臣に寝返られた挙げ句に管領殺しの息子の庇護を受けているのだからな、情けない事この上ないほどよ」

自傷的な笑いをする龍若丸に余四郎は今度は哀れを感じた。

「なんとも……当家とて同じようなものでございます」

「そなたが気に病む事はなかろうが、弾正忠が当家を見限ったは詮なき事よ。それに戦の最中に寝返るような事をしておらぬし、それ以前まで宿老(しゅくろう)として誠心誠意仕えてきてくれたのじゃ。今回の事は管領家の自業自得よ」

「龍若丸様……」

「今日は楽しかったぞ、三田余四郎、そなたの事は忘れぬ」

そう言って、龍若丸は笑いながら本堂を出ていった。その場に残された余四郎はズッシリと来る疲労感に包まれていた。

小田原への帰りにも幻庵は何も聞かずにいた。

小田原へ帰ると、余四郎は幻庵と共に氏康と会った。

「御苦労だった、幻庵老、余四郎」

「なんの、儂は只付いていっただけじゃ」

余四郎は唯々頭を下げるだけである。

「余四郎よ、そなたが見た龍若丸は如何なる人物と感じたか？」

余四郎にしてみれば本当の事を言えばどうなるか判らないが、嘘を言う事も出来ずに葛藤した。

「余四郎よ、思う事を言えば良い。その事でそなたや三田の家をどうこうしようとする気はない」

此処まで行くと、余四郎も腹を括るしかなかった。

「はっ、龍若丸殿は、世が世であれば天晴れな管領になられたでしょう」

余四郎の真剣な表情に、既に小太郎により会談の内容を聞いていた氏康は感心する。〝嘘を言えぬ性格なれど、信がおける〟とそう考え、この言葉だけで、龍若丸の処遇を決めた。

「左様か。余四郎、御苦労であった」

余四郎を帰した後、氏康は幻庵、氏堯（うじたか）と共に酒をさしながら話した。

「龍若丸だが、管領の元へ帰す事にした」

「兄者、それで良いのか？」

「ほう、左京殿はそうされるか」

氏堯が良いのですかという顔で、幻庵がやはりなという感じで頷く。

「うむ、小太郎からの話と、余四郎の態度から龍若丸が愚かでない事が判った。さすれば帰しても良かろう」

「兄者、愚かでなければ、後々災いになるのではないか？」

氏堯は不思議そうに氏康に問いかけた。

「十郎（じゅうろう）、判らぬか逆よ。愚かであれば怒り狂って越後でも景虎に良いように扱われるだけよ、聡ければ景虎のやりように反発するであろうよ」

「成るほど」

「儂も龍若丸が愚かであれば、死を与えて彼の者の名誉を守る気であった。だが、聡いと判った故管領の元へ帰す気になった。まことに余四郎は良い仕事をしてくれた」

氏康は感傷深くそう話した。

「余四郎はやはり帰す事は罷りならんな」

「そうじゃな」

「妙との事も早急に決めねばならぬな」

そう言いながら三人は頷き合った。

天文二十一(1552)年
■相模国西郡　北條幻庵久野屋敷　三田余四郎

あの後、龍若丸様は、史実と違い足利晴氏様の仲介で無事上野白井城で抵抗中の上杉憲政様の元へ戻されました。さてこれで歴史がどうなるか？　上杉謙信(うえすぎけんしん)は誕生するのか判らなくなってきたけど、何かやりたくなっちゃったんだよ。

なんとか試作した千歯扱きと綿繰り機を幻庵爺さんに見せた上に未亡人の仕事対策について話したら、画期的な物だという事で早速量産と綿に関する栽培や機織りなどの指導が始まり、今年の収穫から使うって事です。ついでに義倉も指摘したら、粟、稗(ひえ)、蕎麦などの雑穀なら可能だという事でやってみる事が決まったようです。これで農民が飢饉で飢える事がなくなると良いよな。

食生活を豊かにしよう

天文二十一(1552)年四月十日
■相模国西郡　北條幻庵久野屋敷付近の山

「兵庫介、満五郎、そっちだ!」

森の中をガサガサと凄い早さで猪が走りまくる。それを数名の男衆が追い立てる。

「若、金次郎、行きましたぞ!」

加治兵庫介の言葉に野口金次郎は銃床付きの鉄炮を構えて火蓋を切り狙いを定める。

「今だー!!」

ズドンという音と共に金次郎の手により鉄炮が放たれた。弾は猪の眉間に命中しドサッという音を残して猪は崩れ落ちた。

「見事、金次郎」

「若」

追い込んでいた者達も次々に集まってくる。

「兵庫介、満五郎、皆、御苦労」

余四郎の言葉に、皆が恐縮する。

「若、ありがとうございます」

「しかし、一発で命中とは金次郎も名射手になったな」

「いえいえ、頬撃ちではここまで行きません。やはり肩撃ちで安定しているからですね」

「猟には最適な種子島じゃが、戦には未だ未だ使えんな」

「銃床が鎧の形に合いませんから」

「まあ良いわ。でかい猪だから、今夜は創作料理を作るぞ」

「若の料理であれば、楽しみですな」

「この前の、衣揚げも美味しかったですから」

「そうですな、あの胡麻油の風味と衣のサクサク感がたまりませんでしたな」

「という訳で、猪を持って帰るぞ」

「はっ」

天文二十一（1552）年四月十日
■相模国西郡　北條幻庵久野屋敷　三田余四郎

帰る途中で畑に寄り野菜の収穫をしてから、屋敷に帰り台所の外の土間で猪の解体作業を開始。

皮を剥いでいると猪の皮からダニやら寄生虫が次々と逃げていく、体温がなくなり宿主の死を知って寄生先から逃げていくようだ。

解体が終わってそれぞれの部位に分けたら料理の準備。まあ自分は料理には参加出来ないので、指示するだけだけど、現代食を少しでも作る為なら手間暇惜しみません。料理を作るのは幻庵爺さんの所の料理番の志摩(しま)おばさん達がやってくれます。

「志摩さん、小麦粉で塩を入れない太い平麺を打って。寝かせないでいいから」

「寝かせないと、腰が出ないですよ?」

「煮込むので、そのままで良いんだ」

「判りましたよ」

流石(さすが)、お志摩さん、テキパキと下女達に指示して麺を作っていく。

「汁は煮干しと椎茸で出汁を取った後に、豆味噌を溶かして、それに南瓜(かぼちゃ)を切って入れて」

「南瓜ですね。余四郎さんが、最近作ったたんですよね」

「そうそう、南蛮から来た野菜だからね」

「煮物には良い甘みでしたね」

「汁に甘みが出るんだよ」

「判りました」

「煮えたら、野菜を入れて」

「大根、アブラナ、里芋、蕪の葉、金時人参、牛蒡(ごぼう)ですか?」

「そうそう、煮えにくい物から順次煮て、麺も入れてとろみを出して、猪肉を入れて煮えたら灰汁を取る。最後にネギを刻んで入れれば完成だよ」

乾燥野菜や室に入れていた野菜もあるけど、南瓜は真っ先に江戸湊の商人に頼んで手に入れたから。まあ東洋南瓜だけど、人参も金時人参だし、白菜がないから代わりに菜の花を使う。

椎茸はこの時代は栽培出来ないので大変高価だが、以前作った寒天で椎茸の胞子を育て、それを大鋸屑と米糠と貝殻粉とかを混ぜた菌床で育成中。いずれ養殖椎茸が出来るかも知れない。

「判りました。調理しますんで、お部屋でお待ちくださいね」

「はい」

部屋に帰れば、金次郎達だけじゃなく、何故か藤菊丸(ふじきくまる)と竹千代丸(たけちよまる)まで来ているんだよな。

「よっ、余四郎」

「余四郎さん」

「これはこれは、藤菊丸様、竹千代丸様」

「ああ、堅苦しい挨拶はなしだ」

「はぁ」

「猪を討ち取ったって聞いたから、食べに来たぞ」

「私は兄上に、連れられて……」

藤菊丸はさも当然という感じで、竹千代丸はあつかましい兄で済みませんという顔をして。

「まあ、どうせまた、変な料理を作るんだろう。味見役だ、味見」

料理に期待しているという顔が在り在りですよ。

「判りました。今作らせているので、暫しお待ちを」

最近、氏康殿と幻庵爺さん達が上野へ遠征中なのを良い事に、二人はしょっちゅう飯をたかりに来るようになっているんだよな。

「この前の蒲鉾は旨かったぞ。刺身に向かないイシモチやサメ、膠の材料のニベの身を磨り潰して蒲鉾の材料に使うとは考えたものだと、城下じゃ評判だぞ。今じゃ蒲鉾屋が出来たぐらいだ」

そうなんだよな。小田原と言えば蒲鉾と提灯じゃないかという訳で、こっちに来てから探したが全然ない。不思議に思って聞いてみたら蒲鉾はこの当時は非常に高い物だった。何せ鯛の代わりの進物に使うぐらいだったから。それならとサメとかのあまり喰わない魚の白身を使って作ったのが、大当たり。幻庵爺さんや氏康殿にも認められて、あれよあれよと蒲鉾のライセンス生産が決定、城下の店に作らせたら安価で美味しいと大ヒット、僅か半年程度で小田原名物になりつつある訳です。

「そうですか、食は文化と言いますからね」

「なんだか判らんが、旨い物を庶民が食べられるのは良い事だとは思う」

「ですね」

「んで、今日は何を作ってるんだ？」

興味津々で聞いてきますね。

「麺料理ですけど」

「麺か、ウトムか蕎麦切りか？」

ウトムって饂飩の事なんだよな。未だ饂飩と呼ばれてないから。因みに蕎麦も先取りで考案してしまったので、信州蕎麦が蕎麦第一号の栄冠から転げ落ちました。

「ウトムに近いですけど、腰がない麺を味噌で煮た物です」

「煮ウトムか、どんなものであろうか。楽しみだ」

竹千代丸が手持ちぶさたに見えたので、遊び道具を出して遊んでやる事にした。

「竹千代丸様、何かで遊びますか？」

「いや、余四郎殿の御手を煩わす訳にはいきませんので」

見て、この礼儀正しさを。藤菊丸にも竹千代丸の爪の垢を煎じて飲んで欲しいものだ。

「余四郎、それじゃ俺と遊ぼう。また新しい遊具を作ったんだろう」

これだ、この人なんなんだかなー。

仕方がないので、某傑作ゲームを出してきましたよ。

「これは？　囲碁とも違う。背中合わせに黒と白の石が貼り合わせてあるのか」

そうです、あの日本生まれのゲーム、オセロですよ。子供の遊びとしては囲碁より良いからね。

「こうやって、置いて挟まれたら引っ繰り返る訳です」

「成るほど、陣取りか」

「そんな感じです」

「武将将棋、投げ矢、花札、数字札とかよく考えつくよな。俺は無理だな」

いえいえ、真似しただけですから。

武将将棋は軍人将棋、投げ矢はダーツ、数字札はトランプなんだよ。

「なんとなくですよ」

「その、なんとなくが凄いんだよ」

「恐縮です」

「さて、それ名前有るのか？」

「未だに」

流石にオセロは不味(まず)いし。

「なら、碁反でいいんじゃないか？」

「碁反ですか？」

「そうだ、碁石のような石を反転させる。単純明快でいいじゃないか」

「そうですね、碁反にしますか」

「決まりだ。じゃあ、俺が烏帽子親だから、売り上げの一部は寄こせよ」

ニヤニヤしながら、さらっと分け前を要求してくるとは流石、北條家の血を引いてるよ。

「判りましたよ。売れたら払いますからね」

「以前の品も皆売れているから、大丈夫だろう。二割で良いぞ」

「重ね重ね兄が済みません」

竹千代丸がペコペコと頭を下げてくるが、苦労性だね。もう藤菊丸の行動に対しては諦めてるんで気にするなと言いたい。

「竹千代、何を言うか、正当なる報酬を受ける事も必要ぞ」

「兄上のは、正当と言えるかと言えば、かなり疑問ですよ」

「言うようになったな」

兄弟喧嘩じゃなく、犬の兄弟のじゃれ合いみたいなものだね。

「まあまあ、これでも食べて、落ち着いてくださいな」

そう言って、毎度試作品の数々を食べさせているんだよ。

「ん、これは？」

「此方(こちら)が、梅の蜂蜜漬け。こっちが小魚やアラメをたまり醤油で煮染めた物。で、こっちが、寒天とエンドウ豆と求肥に黒蜜をかけた物」

小魚の醤油煮は佃煮だし、寒天は餡蜜擬きだ。

「贅沢(ぜいたく)だな」

「余四郎さん、食べて良いのですか？」

「どうぞ」

藤菊丸は梅の蜂蜜漬けを試食、竹千代丸は餡蜜を試食だ。

「旨いな、これは良い」

「美味しいです。姉上達にも食べて貰いたいです」

「そんなに、旨いか」

今度は藤菊丸が、餡蜜を食べる。

「おっ、良い喉越しだ。これは確かに旨いな」

「でしょ。兄上」

「うむ。余四郎、今度姉上達にも馳走してやってくれ」

「無論です」

〃重畳重畳〃と頷く藤菊丸。

「さて、これはどうかな？」

そう言いながら佃煮を食べる。

「んー、これはまた、こくがあって旨いが、飯が欲しくなるな」

「そうですね、これだと湯漬けと一緒に食べれば更に美味しいと思いますよ」

「そうだな、今は無理だが、後で湯漬けと共に喰ってみよう」

もう持って帰る気、満々ですね。

「お土産に持って帰りますか？」

「ああ、頼む」

そうこうしていると、夕餉の支度が出来たと、お志摩さん達が運んできてくれた。

「これで宜しいでしょうか？」

おっ、完璧な〃ほうとう〃ですよ、流石はお志摩さん。

「お志摩さん、これこそ求めていた物です。御苦労様です」

「宜しゅうございました」

「余四郎、これが煮ウトムか。なんとも食欲をそそる香りじゃないか」

お志摩さんがみんなにそれぞれ分けてくれる。

「熱いですから、お気を付けてくださいませ」

散々食べに来ているので、今では普通に藤菊丸達と接しているから良いんだよ。最初の頃は恐れ多くてとかで大変だったから。ざっくばらんに行くと言われても、未だにこっちは若干敬語を使っているし……。

まあ、食に関しては身分の上下なんか関係ないから、と言いたいが……。

まあ、気を取り直していこう。

「さて、これをかけると更に味が引き立ちますよ」

出したのは、七味唐辛子。これも江戸湊から唐辛子の種を仕入れて畑で試作した物。未だ日本に入ってきて僅か十年足らずなので探させるのに苦労したけど手に入れられました。それで唐辛子、麻の実、陳皮、黒胡麻、白胡麻、生姜、山椒を入れたから。取りあえずは七味が完成、流石に芥子の実は手に入らないからね。

「ほう、これは？」

「唐辛子という植物をすり下ろした物ですよ」

「真っ赤だな」

「辛い物だから、入れすぎないように」

「判った」

少しかけて見せて、早速試食開始。皆食べ始めると、一様に黙々と食べ続ける。幻庵爺さんの家族は今小田原城に行っているから、下働きの人達とか留守番しかいないんだよな。無論監視はいるけど。

「旨い。旨いぞ」

「美味しいですね」

「美味ですな」

皆一様に旨いの連発。やった、これでほうとうが完成です。

自分も食べたけど、化学調味料がない分、自然の味がしてなんとも言えない旨味が出るね。

「余四郎、これは体が温まるな。冬の戦陣食には良いかもしれない」

「これは美味ですな。余四郎殿の考案なさった物は非常に面白い物が多いですからな」

いつの間にやら、藤菊丸の守り役の近藤出羽守が来てるし、しかも確り食べてるし。

「出羽、いつの間に来たのだ？」

「藤菊丸様がお城を抜け出して直ぐに気がつきましたよ」

「いやその、父上には内緒にして欲しいのだが……」

威圧感が有るな、流石歴戦の武者っていう感じがするな。けど確か近藤出羽守って天正十八（1590）年の八王子城の戦いで戦死するんだよ。

「一言、言ってくだされば良いですのに、何故に何時もこうするのですか？」

「いや、行くと判れば、余四郎に余計な心配をかけるかも」

「それは、返って余四郎殿に迷惑ですぞ」

うひゃ、出羽守のお小言で藤菊丸がタジタジだ。

「そうか、では次回からは先触れを出せば良いのだな」

「仕方がありませんな、必ずお知らせくださいませ」

「出羽、判った」

さしもの藤菊丸も出羽にはたじたじだな。

「余四郎、悪かった」

「いいえ、そのような事はございません」

藤菊丸も律儀に謝らなくても大丈夫なのに、出羽守の手前かな。なら、こっちも一応は相応の対応をしておかないとな。

「余四郎殿、あまり藤菊丸様を甘やかさないで頂けたらと」

「判りました」

「出羽、余四郎の作る物は皆、面白く役に立つ物ばかりだ。此処へ来るのも学問の一環としてなら良かろう？」

話題を変えようとする藤菊丸を見ながら、仕方がないですなという顔をして、出羽守が答える。

「判りました。先ほども言いましたが、私の許可を受けてから一緒に出かける事にして頂きますぞ」

「出羽、判った」

「さて、それでは、藤菊丸様、竹千代丸様、お城へ戻りますぞ」

「判った。余四郎、ご馳走様、お土産貰っていくから」

「余四郎殿、今日は大変ご迷惑をおかけしました。そして大変美味しゅうございました」

「では、余四郎殿、忝（かたじけ）ない」

「藤菊丸様、竹千代丸様、近藤殿、お気を付けて」

嵐のような二人組＋数名が帰っていって、この日はお開きになった。

屋敷の留守番組にもほうとうは絶賛を持って受け入れられた。

後で話聞いたら佃煮を持っていった藤菊丸が、それで湯漬けを食べたら旨かったからと、自分だけじゃなくて母親の瑞（たま）姫様にも薦めたら『美味ですね』と絶賛したとか。

新たなる決意、これを開き直りという

天文二十一(1552)年五月二十日
■相模国西郡　北條幻庵久野屋敷　三田余四郎

「うむやはり、勝沼での進展は遅いとしか言えないか」

「はい、父も理を説いてはいますが、中々賛成して頂ける状態ではないようで」

金次郎が済まなそうに頭を下げるが、俺は別に虐めるつもりはないんだ。

「いや、金次郎や刑部少輔のせいではない。家の宿老連中は年を取って頭が固くなっているから、どうしても先例に則ってしまうんだよな」

「そうですが、力及ばず済みませんと、父上からの手紙にも書いてあります」

「金次郎、刑部少輔には無理をせずにと伝えてくれ」

「はっ、直ぐに父に繋ぎを送ります」

そう言うと金次郎が退出していった。

やれやれ、実家を生き残らせる為に、敢えて北條の力を借りてでも研究しているのに、こうなってくると、なんの為の新規開発をしているか判らなくなってくるな。結局は旧態依然の政策を続けたまま、現状に安堵しきっているんだよ。

なんと言っても、北條の勢力は現在では上野まで占領する勢いだから、完全に三田谷は後方の安全地帯だと思っているようだし。確かに敵になり得るのが武田ぐらいしか見あたらないし、しかも甲斐へのメインルートである檜原谷経由の甲州街道は家の影響下にあるとは言え山向こうだから、安全と言えば安全なんだよな。

今の青梅街道（国道411号）はこの当時は奥多摩駅の直前の白丸の数馬という場所に大岩壁があるので山越えしか出来なかったから、侵入ルートとしては難しすぎる。つまり万が一武田が来るとしても永禄十二（1569）年に使った小仏峠越えか、その北に有る案下峠か、精々大菩薩峠から小菅村、小河内村、鞘口峠、浅間尾根経由で檜原城下へ向かう古甲州道経由しかない訳だし。

そう思っているからこそ、軍備も疎かになり、華美になっていくんだよ。当主でもないし嫡男でもない俺が示唆しても、刑部少輔だけじゃ、駄目なんだな。宿老とはいえ親族衆もいる訳だし。話によると最近煙たがられているとかなんとか。特に宿老の谷合阿波や師岡山城には金の無駄遣いと言われているらしいから。

んー、困った。一応長尾景虎の上杉家襲名に嫌がらせをしたけど、果たしてジリ貧の上杉憲政様が実子を管領にする事を諦めて景虎に襲名させるかがポイントだ。現在の所、氏康殿、幻庵爺さん達が上州白井城にいる上杉憲政様を追い詰めまくっているから、暫くしたら越後の上田庄の長尾政景の元へ逃亡するはずなんだよ。

何故なら上田衆は越後にいながら、越後守護家に属してなくて、関東管領の支配下にあるから、最初にそこへ行くのが普通なんだよ。その後に長尾景虎の元へ行ったのが真相らしい。それに景虎が関東へ乱入するのが永禄三（1560）年八月で今年が天文二十一（1552）年だから、あと八年か。歴史の上で来年は善光寺平へ進撃するらしいが、何処まで行くか判らないし。

大体、龍若丸様生存というIFを残した結果がどう出るか。まあそのせいで龍若丸様を介錯した挙げ句に狂い死にしたと言う神尾治郎左衛門も無事だし。それでも龍若丸様を売った裏切り者の妻鹿田一族八人は磔になったが、それは不義不忠の者としては仕方がない事だ。町民達や武士達も当然の行為だと言っている。

自分としてはあんな戦馬鹿より聡明な龍若丸様に管領を継いで貰いたいんだが。

「まあ、龍若丸様の努力次第かな」

しかし景虎の場合は、関東管領にならなくても、義侠心から関東へ乱入してきそうな気がする。そのとき、本来の計画では、実家の戦力を強大化して一気に小田原城を落として家の安泰を謀る予定が、この状態になって、更に国力増強計画と軍備増強計画が実家では実施されないとは、なんなのこの無理ゲー、早速詰んだ状態だよ。

こうなると、当初の計画を変更して、北條側にドップリ浸かって、越後勢の関東乱入を上州辺りで止めて実家が上杉方へ寝返らないようにするしかない。もう開き直って行くしかない。三田谷の領民を護る為にはそれしかない。そうなれば三田谷も我が家も安泰だ。

「よし！　そうと決まれば迷わないで北條の国力強化だ！」

人事的には氏康殿、幻庵爺さん、氏照殿のラインを強化して、新兵器、新制度、農業改革、鉱山改革、新規産業育成などで国力増強計画をこちらでやってしまおう。実家でやれない以上仕方がない事だ。それに北條憎しと言っても、この世界はどう考えても既に別世界だし、北條家の人もいい人が多いから、どうも矛先が鈍るんだ。それなら肝を据えて、北條に骨を埋める気で行くか。

　そうなると、領国の鉱山開発は早急に始めないと駄目だ。最低でも土肥（とい）金山を開発して安定的な資金源として、堺（さかい）、江戸、品川などの商人から大量の鉄、銅、鉛などの金属資源を購入しないとだ。

　それにしても、金山、銅山やガラスや磁器の材料の鉱山の位置をどうやって教えようか。いきなり此処ですと言っても怪しまれるし。いっそ夢枕に神仏か早雲さんが立ったとかとして教えるか、それとも藤菊丸（ふじきくまる）達と遊んでいるときダウジングを教えて、それで偶然見つかったとするか。んー、問題だ。

　そう言えば、数年後から関東は凶作や干ばつに見舞われ、更に上杉の関東乱入による略奪で多くの餓死者を出すから、それの対処として、食糧の購入と備蓄をしないとだ。普段一時的な食糧の備蓄には江ノ嶋（えのしま）が使われているから、其処（そこ）を強化して倉庫群にすれば、この当時なら比較的安全に保管出来るはず。それでも駄目なら、小田原に大規模集積地を作っておけばいい。結構この城空きがあるから、なんとか出来る。

　それと、先ずは農業改革だな。備中鍬とかの農具の開発や、合鴨農法や鯉を泳がす農法、木酢酸を使った農薬農法、レンゲソウを使った窒素農法なんかをジャンジャン実践しよう。問題は伝え方だが、ここでも沢庵（たくあん）の名前を利用して偽書を作ろう。

　次に軍事だが。鉄炮（てっぽう）自体は計画を続けるとして、大炮も必要だよな。問題は即出来ない事だが、代用品として木炮を作れば良いんだよな。数発程度なら弾丸発射出来るし、御茶濁し程度なら使えるはず。

後は、日露戦争で日本軍が急造した、花火の発射筒をモデルにした木製迫撃砲も良いんじゃないか？　それなら意外に簡単に出来るし、それほど技術的にも難しくない。現代人にすれば玩具だが、導火線式炸裂弾が頭上から降ってくれば相当なダメージを与えられる。これだ！　これが良い、早速設計しないとだ。

後は、竹筒に火薬と鉄片や鉛玉を入れた手榴弾や、防弾用の竹束も必要だ。それから、一時的にせよ早合の早期実用化もしないと。それと鉄炮の先端に銃剣を付けられるようにすれば、鉄炮隊が一方的に騎馬に蹂躙される事がなくなり、ベテランの銃手を残す事が出来る。

後は、江戸時代の鉄線作りを伝授して、鉄線による鉄条網の開発もしないとだ。それにベトコンのブービートラップを伝授だ。書く事と教える事が多くて大変だが、これも生き残る為。精々死ぬ気で頑張るさ。目指せ、平凡に畳の上で死ねる事。

あー！　そうだ、商人に頼んで、南蛮や明の食物や植物をドンドン輸入させよう。上手く行けばトマト、タマネギ、トウモロコシ、サツマイモ、ジャガイモとかが手に入るかも知れない。

そうだ、医薬品も増やさないと。焼酎を蒸留しまくって六十度ぐらいのアルコールにして消毒薬にして、マリファナを痛み止めとして作り、海草からヨードを取ってアルコールと混ぜれば、ヨードチンキが出来るかも。まあ実験もしないとだ。

戦争となると兵糧も必要だな。甘酒の酵素でパンが作れるから、パンを作るのも良いし、乾パンを開発するのも良いな。

それに貨幣の鋳造もした方が良いな。北條領国だけに通用する銅貨、銀貨、金貨を作って貨幣経済である貫高制から石高制に移行する流れを止めなければならないし、石高制の為に農民が苦しむ可能性が出ているのだし。北條流の凶作時には減免する方式は為政者として素晴らしい方式だから、それを絶やさないで行きたいな。まあ外様じゃ幻庵爺さんに伝えるのが精一杯だけどね。それでもやらないよりはやる方がいくらかマシだ。

水軍の近代化も必要だ。今の状態では、里見（さとみ）家の海賊衆が夜な夜な三浦半島へ小規模襲撃を行い、略奪、拉致、暴行を繰り返しているから、水軍衆の近代化と組織化は絶対必要だ。

それとあれだ、プレハブ工法を使った野戦陣地も開発しよう。秀吉の一夜城のように敵を驚かせることが出来るぞ。そうすれば秀吉は二番煎じと言われるだろうから。

よし、全ての要点を書き出して、整合しながら清書し幻庵爺さんや藤菊丸、近藤出羽守（こんどうでわのかみ）とか大道寺のオッさんとかに見て貰おう。さあ、忙しくなるぞ。

金山を捜そう

天文二十一（1552）年五月二十八日
■相模国西郡　北條幻庵久野屋敷

ここ数か月の付き合いですっかり親しくなった藤菊丸を巻き込んでいくしかないと余四郎は考えて行動に移した。

「余四郎、これはなんだ？」

「藤菊丸、これは南蛮の占星術とかいう占いの一種だよ」

「占いね、余四郎がそんな物に興味を持つとは。お前は実戦経験を求める者だと思っていたんだけどな」

余四郎は、藤菊丸の質問に丁寧に説明し始める。

「占いなんて当たるも八卦当たらぬも八卦と言うけど、まあ新しい知識を得るのも必要だよ」

「確かに、鉄炮とかを考えればそうかも知れないよな」

「其処で、実験しようという訳だ」

「それに巻き込む気だな」

「判るか」

「判らんでか」

ニヤリとする二人を見ながら、今日も連れてこられた竹千代丸がオロオロしている。

「兄上、余四郎殿、また、出羽にとっちめられますぞ」

「大丈夫、今日は近藤殿に頼んで許可を受けているから」

「それの代償が、あの銃床を付けた新型鉄炮か」

「そうさ、ある程度改良が済んだから、是非実戦経験を有する方の意見が欲しいからね」

「確かに、種子島型だと頬付けして狙いを付けると安定性が変な感じだし、あの轟音を耳元で鳴らせば耳が痛くなるよな。それに比べればあの形の肩付けだと安定しているように見えるし、音も耳から遠いから多少は静かになるだろう」

「そういう事。それでも机上の空論じゃ駄目だからこそ、実戦経験有りの鉄炮撃ちに試験して貰うのが一番だよ」

「家でもそんなに使ってはいないんだけどな」

「でも、猪狩りぐらいにしか使わないよりはマシだろ？」

「確かにそうだな」

「という訳で、竹千代丸、心配無用だよ」

「それなら良いのですが」

納得出来かねる雰囲気の竹千代丸だが、余四郎と藤菊丸のテンションは上がりまくりである。

「で、その占いで何するんだ?」

「捜し物だ」

「捜し物? 何かなくしたのか?」

「いや。伊豆には土肥金山が有るじゃないか。けど他には見つからないが、伊豆の地形からして他にも隠れた金山が有るんじゃないかと考えて、このダウジングという方式を見つけたんだ」

「確かに他の国の事を考えれば、土肥だけとは思えないけど、神がかりすぎじゃないか?」

気の毒な人を見るように、藤菊丸が余四郎を見る。

「どうせ遊びと思えば良いじゃないか、やっても金も掛からない訳だし」

「そうだな」

「それに土肥金山も未だ未だ埋もれている鉱脈があるかも知れないし」

藤菊丸は判ったような判らぬような感じで頷く。

「それも勘か? まあ余四郎は直感力があるから、それも有りか」

「では、伊豆の地図を取り出しまして、其処に箱根権現の霊験あらたかな御神酒に浸した、水晶柱を糸でつるして、地図の上を動かしながら念じます。埋もれている金銀よ、世に現れよ」

神がかり的な風にダウジングを行う姿を、引きながら藤菊丸と竹千代丸が見ている。

水晶柱の動きが土肥の大横谷、日向洞、楠山、柿山、鍛冶山で止まる。

「うん、この地に新たな金銀が埋まっていると出た!」

そう言う余四郎を見ながら、藤菊丸が話しかける。

「土肥ならあり得るけどな、ホントにお前、大丈夫か？」

「大丈夫だい、次行くぞ」

「お前がそう言うなら、まあ付き合うが」

「今度は修善寺の瓜生野に有ると出た！」

「ホントかよ？」

「当たるも八卦当たらぬも八卦だから、調べて貰うのも気が引けるんだけどね」

そう余四郎が言うと、藤菊丸が仕方ないなという表情をしながら請け負ってくれた。

「んー、そうだな。今度伊豆郡代の笠原越前に伝えておくよ」

「頼むよ。それで、俺が占いで場所を見つけたって言うと信じて貰えないから、藤菊丸の夢枕に早雲様が立ったとかって言ってくれ」

「えー！　それじゃ俺が神がかりじゃないか！」

藤菊丸がエーッという顔で嫌がる。

「佃煮の売り上げ、三割やる」

「ん、五割なら話に乗る」

「んー、四割ならどうだ？」

「んー、そのくらいが妥協点か、判った」

「よし」

ニヤリと笑いながら、がっちりと握手する二人を見ながら、竹千代丸は、〝この二人大丈夫かな〟と考えていた。

天文二十一（1552）年六月二十五日
■相模国西郡　北條幻庵久野屋敷　三田余四郎

上野に出陣中の幻庵爺さんからの音信で、五月初めに上杉憲政殿が遂に上野白井城を持ちこたえられなくなり、越後へ逃亡したという事だが、直ぐに長尾景虎に泣き付いたとの事。その為に越後勢の先遣隊が早くも五月後半に上野に進出してきたそうだ。

あまりの早さに驚いた。僅かの間に先遣隊とはいえ兵力を入れてくるとは。長尾景虎、以前からこうなるのを予測していたのか、それとも神がかりなのか、さっぱり判らない。歴史なんて如何ようにも変わるということなのか、甚だ不安になってきた。

天文二十一（1552）年八月十日
■相模国西郡小田原城　北條藤菊丸

んー、困った。余四郎にああは言ったが、早雲様が夢枕に立ったなんて言ったら、俺の頭を疑われそうな気がするんだよ。金山は確かに家に大変な利益をもたらすから必要だが、占いで見つかる物なのかだよ。ただ、佃煮の売り上げ四割は美味しいから、みすみすそれを捨てる訳にも行かん。

兄貴達なら後継ぎと分家して次期当主の宿老候補だから、所領も貰えるんだが、俺達は未だ未だだからな。それに余四郎の売り上げは魅力的だ。まあ変な発明や発想をする変わった奴だが、俺にとっては良い友人と言えるから、願わくばこの関係を壊したくはないんだよな。

んー、やはり、越後勢が上杉の味方として上野に乱入してきているから、何れは親父殿は出陣するだろう。となると、親父殿がいる間に話だけでもしておくか。あくまで夢の話だという事を主張してな。

天文二十一（1552）年八月十三日

■相模国西郡小田原城

上杉勢及び越後勢にどう対応するかを宿老と共に評定し終え、やっと解放され寛いでいた氏康に近習から藤菊丸が話が有ると参上したと報告が有った。氏康にしてみてもこの所はちっとも構ってやれない事もあり、話を聞いてやる気になった為に、近習に藤菊丸を呼ぶように命じた。

近習が呼びに行くや否や藤菊丸がやってきた。

「父上、お疲れの所、申し訳ございません」

「藤菊丸、入るがいい」

襖を開けて藤菊丸が入ってくる。

「藤菊丸、今宵はなんの話だ？」

緊張しているのが在り在りと判る姿で藤菊丸が話し出す。

「実は、数日前、私の枕元に早雲様がお立ちになりました」

「なんと、早雲様がだと」

「はい、私も寝ぼけていたのかも知れませんが」

如何にも、寝ぼけていたのかも知れないので、情報が正しくなくても私のせいじゃないという感じである。

「ふむ、で、早雲様はなんと言ったのだ？」

氏康自身も怪しいと思いながらも、子供の言う事と考え、話だけでも聞く事にした。

「はい、北條家の為に金の埋まっている場所を教えてくれると」

「成るほど、で、何処(どこ)だ？」

冷静に対処する氏康に対して、しどろもどろの藤菊丸。

「此処と此処の五箇所に金鉱脈が有ると」

「ふむ。土肥と修善寺の瓜生野か」

氏康にしても、子供の戯れ言と言うにはあまりに正確な地名を出している事に興味を覚えた。どうせ笠原越前が巡回に廻るのであるから、その際についでに山師を引き連れて見させればよいと考えたのである。

「あくまで、夢かも知れません。父上のお耳汚しになったとすれば、済みません」

精一杯、頭を下げる藤菊丸。

「いや、判った。伊豆ならばあり得る事だ。笠原越前に巡回時にでも調べさせよう」

氏康との話を汗だくで終えた藤菊丸は、部屋に帰って一言〝これで金が出なければ、四割じゃ足らんぞ。六割を要求する！〟と叫んでいた。

天文二十一（1552）年八月二十二日
■相模国西郡　北條幻庵久野屋敷　三田余四郎

義侠心からなのか、家臣任せが嫌なのか、長尾景虎が上野へ自ら出張ってきたらしい。その為に一旦帰国していた氏康殿も再度上野へ進撃するらしい。今回は嫡男新九郎殿も初陣らしく、非常に立派な姿で出陣していくのを、城門から見送った。

藤菊丸の夢枕の話は、上手く通ったようで、氏康殿が笠原越前に〝領内巡回のときにでも見てみよ〟と言ったらしい。藤菊丸曰く、〝肝が冷えた。これで出なきゃ、お前の占いのせいだと言う〟と言われ、更に〝四割じゃ足らん、六割寄越せ〟と言われたんだが。出るから大丈夫だと思いたいが、歴史変わってるからな。けどまあ今の情勢じゃその程度でも御の字だよな。

十月下旬に雪が降る中、越後勢主力が越後へ帰国した。十二月になると深雪により残りの上野上杉与党との間で自然休戦状態になった北條軍主力が順次小田原へ帰還した。皆激戦を臭わせる姿で帰還してきた。爺さんも氏康殿、新九郎殿も無事であった。

この頃から、武田と今川の使者がひっきりなしに来るようになった。そろそろ三国同盟の時期が来たのかな。そうなると、本来なら氏政(うじまさ)の嫁になるはずの、信玄の長女は新九郎殿の嫁になるのかな？　新九郎殿えらく元気だし、とても亡くなるようには見えないんだよな。これは氏政家督相続ルートから離れたのか？

けど、竹千代丸が人質として今川へ行くのは確実だろうな。行くとしたら色々持たせてあげよう。

天文二十二（1553）年二月一日

■相模国西郡　北條幻庵久野屋敷　三田余四郎

三国同盟の締結間近になってきたらしく、新九郎殿が元服し北條新九郎氏時(うじとき)と名乗りました。この名前は早雲殿の次男の名前を継いだそうだが、普通、大往生した人ならいざ知らず、三十代で若死にした人の名前付けるか？

それはさておいて、これにより武田晴信(たけだはるのぶ)の長女梅姫(うめひめ)が僅か十二歳ながら今年の十二月に嫁いでくるらしい。それに伴って七月には人質の身の自分にも凄く優しくしてくれた、綾姫(あやひめ)様が今川氏真(いまがわうじざね)の元に嫁ぐ事になる。同時に竹千代丸も連れていくらしい。寂しくなるね。

特に綾姫様は氏政より年上だから、リーダシップを取って色々と間を取り持ってくれたから、是非とも幸せになって欲しいんだけど、このままの歴史だと今川に行くと信玄に攻められて、懸川へ逃げるんだよな。そうならない為にも今川義元よ、桶狭間でアッサリ死ぬんじゃないぞ。祈るしか出来ないけど、綾姫様お幸せになってください。

そんな中、関東では相変わらず、氏康殿、幻庵爺さん、氏堯殿が西に東に戦闘中。やっぱ古河公方を手中に収めたのが効くらしく、彼方此方の家へ口が出せるらしい。この頃の古河公方は足利義氏様だが、未だ元服前だから足利梅千代王丸なんだ。それでも腐っても関東公方という訳で、御神輿としては使える訳だ。

金山は未だ忙しいらしく、調査が始まっていない模様。早く見つけて欲しいです。

次男の心得

天文二十二（1553）年七月一日
■相模国西郡小田原城　三田余四郎

今日、綾姫様が今川氏真の元へ嫁ぐ為に出立する。竹千代丸も母方の祖母である寿桂尼に預けられる形を取った実質的な人質として、一緒に駿河府中へ旅立つ。

綾姫様には、人質の身ながら何時も優しくしてもらって、本当の姉上のように可愛がってもらっている。これからの歴史の流れが史実通りなら辛い。桶狭間で今川義元が織田信長に討たれた後、武田信玄に駿府を攻められ、輿にも乗れずに歩いて懸川城まで行く事になり、その後も小田原に引き取られるのだが、氏政が武田信玄と同盟するにあたって、夫婦共々追放されるはめにもなる。長生きはするけど、苦労の連続なので、送り出すのもなんとも言えない気分だ。

竹千代丸は、この後二十歳前まで人質として過ごす事になり、当時同じ人質だった松平竹千代、後の徳川家康と友達になるはずだ。そのせいか知らんが、竹千代丸は後に韮山城で籠城のとき、徳川家康に降伏し、子孫は徳川幕藩体制でも河内狭山一万石の大名として明治維新まで続くんだよな。

人質としての自分では、普段の付き合いはいざ知らず、多くの重臣の前では挨拶など一瞬しか出来ない状態で、しかも畏まった方式だ。

綾姫様にお祝いのご挨拶をする。

「綾姫様、ご婚礼おめでとうございます」

「余四郎殿、ありがとう」

これで、挨拶が終わる。散々お世話になりながらも、公式にはこれしか出来ないのが悲しい所。

次は竹千代丸の所へ向かう。

竹千代丸は、実質的に人質という手前、目出度いという雰囲気ではなかった。

「竹千代丸様」

「余四郎殿」

TPOを弁えている二人は普段と違い確り(しっか)と敬称を付けて話しかける。

「この度は、御苦労様です」

「これも、当主の子の定めと思っております」

二人ともこれから家族とお別れする為に、別棟へ移動するんだが、何故か自分も幻庵爺さんに連れられて、その場所へと行くはめになった。ここで初めて、幻庵爺さんが二人に贈る物を用意して持っていくようにと言った事が理解出来た。最初から自分も人数に入っていた訳だけど、家族の宴に部外者が参加して良いのかな？

部屋へ入ると、氏康殿、氏堯(うじたか)殿、新九郎殿、藤菊丸と幻庵爺さんの家族や北条綱成(ほうじょうつなしげ)一家や奥方様や姫様方は歓迎の感じだが、松千代丸は、あからさまに何故人質風情がここに来るという目で見るし、乙千代丸は我関せずという感じだ。確かに場違いなんだが、家族の別れに何故自分が入り込めるんでしょうか？

早速、松千代丸から口撃。

「なんだ！　人質風情が何故ここに来る！」

「儂が呼んだんじゃが。綾は余四郎の事を弟のように可愛がっておるし、竹千代丸ともこの上なく仲が良い。それに左京殿もお許しになられておる」

幻庵爺さんの言葉に松千代丸は自分を睨むと、フンと顔を背けた。

いやはや、松千代丸にはトコトン嫌われているから、氏康殿の死後が危険だな。藤菊丸の家臣になるのが一番安全かな。いずれは考えなきゃいけないな。

皆が集まると、綾姫様と竹千代丸が部屋に入ってきた。綾姫様は、自分がいるのを見て最初は驚いていたが、直ぐににこやかになって、笑顔で微笑んでくれた。竹千代丸は、目をキラキラさせながら見ている。

順番に綾姫と竹千代丸に皆が話や、贈り物を渡していく。新九郎殿が進物を渡し話している。

「綾、向こうへ行っても達者で暮らせよ。駿河は暖かいと聞くから大丈夫であろうが、風邪などひくではないぞ。それと初めての土地では水に気を付けるようにな。それから新婚とはいえ気張りすぎるなよ」

オカンだ、オカンがいる。新九郎殿はオカン気質だ！　それに若干エロ親父も入ってやがる！

その言葉を聞きながら、顔色一つ変えずに綾姫もにこやかに返している。

「兄上も、御達者でお暮らしくださいね。兄上も十二月には婚礼なのですから、女遊びもほどほどになされませ。花婿が腎虚で倒れたとあっては北條の名折れですよ」

うわー、凄い返しだ。流石兄妹だわ、阿吽の呼吸で突っ込んだ。新九郎殿だけじゃなく、殆どのみんなが苦笑いだ。

続いて竹千代丸へも激励していたんだが、次の松千代丸のときに事件が起こった。

松千代丸も進物を二人に渡して当たり障りのない話をしていたんだが、最後に爆弾を落としやがった。

「そうだ、姉上、竹千代丸、その進物に鎌倉の綱広に打たせた短刀がございます」

「これですね」

二人とも進物から短刀を出して見せる。

「左様、その短刀は、いざ今川と手切れになったとき、それで姉上が上総介（今川氏真）の御首級を取って頂きたくお送りする物。竹千代丸もそれにて、今川治部大夫（今川義元）の御首級を奪うのだ。それが駄目であれば、寿桂尼（今川義元母）を人質とするように致せ」

いきなりの言葉に、座が静まりかえる。

松千代丸は何を言っているんだ。確かに斎藤道三は娘の帰蝶を織田信長に嫁に出すときに〝隙あらば信長の頸を取れ〟とか言ったそうだが、これが戦国か、怖いな。

「松千代丸、何を、言うのですか」

「兄上、あまりにも酷い言われよう」

二人の抗議も何処吹く風で松千代丸が更に畳みかける。

「所詮同盟など、一時的なものが常だ。治部大夫の祖母は早雲様の妹だが、河東の乱では今川と激しくやり合ったではないか。姉上に対しても、いざというときの心構えを言ったがまで、その程度は覚悟して頂かねばなりませんぞ」

「判っていますが、その言いようはないでしょうに」

「性格にございますれば致し方ございません。竹千代丸、お前は所詮五男、儂等と違い死んでも痛くも痒くもない存在よ。所詮人質は手切れになれば、見せしめに磔か、出陣前の血祭りにあげられるのが定め。そうなるなら、せめて治部大夫か上総介の命を絶てば、余り物のお前も十分にお家の役に立つのだからな」

人質云々の下りで自分の方を見ながら、嫌みったらしく磔や血祭りなどと嘲りやがった。自分をそうするって言っている訳だよな、この言いざまは。

「兄上酷い」

竹千代丸が泣き出した。それに合わせて幼い妹達も泣き出した。

ジッと松千代丸の話を聴いていた氏康殿が遂に怒り出した。

「松千代丸！　目出度き席での今の言動許し難し、さっさと屋敷に帰れ！」

そう言われた松千代丸は頭を下げてから、部屋から出ていった。

座がしらけたが、幻庵爺さんが仕切り直した。

「よいよい、次は藤菊丸じゃ」

「はっ」

松千代丸の事件が尾を引いてはいるが、みんながそれを忘れるように話しまくる。

藤菊丸は心温まる話をし、座も和ませ、普段斜に構えている乙千代丸もここでは、当たり障りのない話題で話を締めくくる。

そうして最後はご両親なので、幻庵一家の最後に自分の番が来た。自分も二人の門出を祝う為に、色々用意した物を渡さなきゃ。

「綾姫様、おめでとうございます」

綾姫様は、花のような笑顔で、先ほどの事件も忘れたかのように、自分に挨拶を返してくれる。

「余四郎、ありがとう。嬉しいけど、余四郎の作るおやつが食べられなくなるのは残念ね」

茶目っ気たっぷりに、にこやかに返してくれる。

「それならば、綾姫様にこれを」

そうして、持って来ていた各種レシピを載せた書を渡す。

「あら、これは？」

「餡蜜、蒲鉾（かまぼこ）、ほうとうなどの作り方や材料、食材の作り方を載せた書です」

「あら、余四郎の大事な秘密の本を私にくださって良いの？」

心配そうに見つめる綾姫様に、ついつい見とれてしまった。

「はい、綾姫様には、人質の身でありながら、実の姉のようにして頂きました。その恩返しには足りませんが、是非にお納めください」

綾姫がにこやかに見つめてくれた。

「余四郎、ありがとう。貴方の事は、松千代丸、藤菊丸、乙千代丸、竹千代丸達と同じく弟のように思っていましたよ。この書は大切にしますね。余四郎もこれからも達者に暮らすのですよ」

「はい、綾姫様、短い間でしたが、大変ありがとうございました。お幸せに」

「ええ、向こうでこれを使って、上総介様に御馳走しますね」

綾姫様に別れを告げ、竹千代丸に向き合う。竹千代丸も先ほどの事件の余波はあるようだが、家族に励まされて幾分でも元気を取り戻している。

「竹千代丸様、今川へ行ってもお元気で」

「はい、余四郎殿もお元気で」

竹千代丸に、沢山の遊具を渡す。

「竹千代丸様、遊具です」

「ありがとうございます。新しい物がチラホラ有りますね」

竹千代丸は目をキラキラさせ始めた。ようやく先ほどの事件から抜け出せたようだ。

「竹千代丸様が退屈しないように、色々考えましたからね」

「楽しみです。私も姉上と同じように余四郎殿の事を、実の兄同然に思っていました。これからも御達者で暮らしてください」

「竹千代丸様も御達者で」

こうして挨拶が終わり、翌日。一万人という大行列により綾姫様の嫁入りは小田原城下を旅立っていった。

しかし、氏政は碌でもない奴だ！　あれじゃ北條を滅ぼしたのも判るわ!!

天文二十二（1553）年七月二日
■相模国西郡　箱根早雲寺近傍の山中

綾姫の一行が箱根越えをする中、早雲寺近傍の山中に一騎の騎馬が佇み、その一行を眺めていた。

「綾姉さん、竹千代丸よ、あんな事を言って済まんな……。宗瑞公（早雲）、快翁活公（氏綱）、神仏よ、願わくば、綾姉さん、竹千代丸が無事でありますように」

その騎馬は行列が消え去るまでジッと動かずに見つめていたが、人の気配に振り返ると其処にいたのは、同じく馬に乗ったよく知る人物であった。

「兄上」

「やはりここだったか」

「何故ここに？」

「お前が敢えて、憎まれ役をしている事など、判らんはずがないだろう」

「成るほど、兄上には隠し事は出来んな」

「憎まれ役も大概にしないと、お前が困るぞ」

「いや、俺が憎まれれば憎まれるほど、兄上への期待が高まるのだから、次男なんてそんなものだよ」

そう言ってニヤリとする弟を見て新九郎は溜息をついた。

「お前、それでは、お前があまりにも不憫だ」

そう言われたが否定するように手を振りながら。

「長男が健在である以上は、次男は万が一の予備でしかないからな。三男以降は養子に行く事がお家の為だが、次男は敢えて憎まれ役に徹するが万事良い。兄上の為ならば汚れ役は俺が引き受けるさ」

「お前はそれで満足なのか？」

「親父も、叔父貴も爺様も騙しているんだから、素晴らしい演技力だろう、それで満足さ」

「お前な！」

攻めるような顔の新九郎に対して、松千代丸は平然としながら話す。

「兄上、北條の次代は兄上のものだ。兄弟連中や左衛門大夫（北條綱成）も良いが、余四郎も逆境に耐えてよく育っている。流石は幻庵爺さんだよ、奴は麦と一緒で踏めば踏むほど育つぞ。それが楽しみだよ」

「お前の優秀さには期待しているんだが」

「いやいや、優れた兄に愚かな弟の方が良いだろう。反対ではお家騒動の元だ」

「俺は、お前の悪名が残る事が辛いんだが」

再度否定するように手を振りながら。

「悪名ならばどんと来いだ。楽しいじゃないか、いっそ元服後の通称は悪平次にでもするかな」

そして二人して顔を見つめ合いながら、笑い出した。


それを密かに見つめる、影が四つ。

「やはりな」

「まだまだ甘いですな」

「二人とも、ばれてないと思っているようじゃな」

「で、兄者、どうする？」

「暫（しばら）くは騙されてやろう」

「そうじゃな、折角（せっかく）の演技じゃ、楽しまねば駄目じゃな」

そう言いながら、四人の姿はその場から消えていった。

新九郎死す！

天文二十三（1554）年十一月十五日

■相模国西郡　北條幻庵久野屋敷　三田余四郎

今、小田原城下は、沈痛な趣になっている。何故なら先日、北條氏康殿の御嫡男新九郎氏時殿が急死したのである。事の突端は綾姫と竹千代丸が駿河へ旅立って僅かしか経たない、七月二十日、一昨年北條家により無理矢理隠居させられた前古河公方足利晴氏が同じく無理矢理廃嫡された嫡男藤氏と共に、新たな関東公方足利梅千代王丸殿が御座所としていた武蔵葛西城から脱出し、旧来の御座所である下総国古河城に立てこもり反北條の檄を発した事にある。

それに呼応したのは、上野桐生城主佐野氏、下野小山城主小山高朝、下総守谷城主相馬整胤などで、本来であれば味方するはずの古河公方の宿老であり公方奏者でもある下総関宿城主簗田晴助、栗橋城主野田政保、公方御一門幸手城主一色直朝は晴氏の軽挙妄動を諫めたが、晴氏親子に聞き入れられず結局は北條氏康、足利義氏側に立って古河城を攻撃する事となった。

その戦いには、北條家嫡男北條新九郎氏時殿も参陣するので、小田原城で出陣を見送ったが、まさかそれが今生の別れになるとは、そのときは誰も思っていなかった。

古河城を包囲しつつあった十月二十日、前線指揮をしていた氏時殿に古河城から射された矢が太股に刺さったのである。そのときは矢を抜き手当をしてなんともなくいたそうだが、数日後から四肢が痺れ始め舌が回らなくなり、遂には喉が詰まり、体が弓なりに反っていったのである。しかも意識は確りしている為、看病している者達も恐れるほどの苦しさに見えたそうだ。結局あらゆる手当を従軍医師がしたのだが、全く手に負えずに河越城まで帰ってきた所で亡くなられた。

なんとも史実通りに新九郎殿がお亡くなりになるんだろう。しかもこの症状から見ても破傷風の可能性が非常に高いじゃないか。この当時の医療技術では、これぱっかりはどうにもならなかった。なんと言っても腹の貫通傷とかに馬の小便を飲ませて治すとかしていたのだから。せめて前線ではなく小田原であれば傷口の消毒等でリスクを下げられたかも知れないのに、これではあの氏政が当主になってしまうじゃないか！

汁かけ飯とかの逸話で愚将というレッテルを貼られてはいるが、実際は手腕は有るが、嫌みたらしい所が自分とは合わないいんでこれは非常に困った。このまま行けば粛正或いは捨て駒ルートになりかねない。かといって、上杉謙信の越山で向こうに味方しても捨て殺しになるだけだし。やっぱり藤菊丸の家臣ルートにしておくのが無難か。

しかし武田の姫との婚姻はどうするんだろう？　史実通り氏政と結婚させるのかな。まあこの時代は兄嫁と結婚とか普通だからあり得るという事か。何はともあれ、暫くは悲痛な気持ちで一杯だ。

攻城軍側は毒矢にやられたと怒りにまかせて城を落城させ、足利晴氏、藤氏親子を捕らえたのだが、氏康殿は嫡男氏時殿を亡くしたのに、捕らえた二人を政治的な事を考えてか相模国秦野に幽閉するだけにした。その心中は自分なんかには判らないが、本当なら期待の後継を亡くしたのだから、内心は八つ裂きにしても飽き足らない状態だろう。

天文二十三（１５５４）年十一月二十五日
■相模国西郡　早雲寺　北條松千代丸

兄新九郎の葬儀がしめやかに行われてはいるが、私としては心中穏やかではない。あの活発で朗らかな兄が何故あのような死を迎えなければならなかったのか！　北條家四代目を期待されていた兄が、何故あんな場所で死ななければならなかったのか、何故あの前公方は蟷螂の斧のような真似をしたのか、政治的な事とはいえ、何故父上は奴等を始末しないのか。様々な思いがあるだろうし、為政者としての顔がある以上は動けないのは判るが、せめて藤氏だけでも始末した方が後々の為には良いのではと思うが、父も考えに考えた末の事であろうと思うしかない。

しかし、困った。いきなり私にお鉢が回ってくるとは、しかも兄上の代わりに武田家の姫と婚姻せよとも言われるとは。確かに兄上亡き後、後を継ぐのは、私になるはずだが、藤菊丸の方が品行方正で好かれるように見えるのだが。それに敢えて兄上を引き立てる為に愚物を演じてきた私を、何故父上達は後継ぎに擬すのかが判らん。ここは聞いてみるしかないな。

葬儀が終わり早雲寺の幻庵殿の部屋に案内されると其処には、父上、氏堯叔父上、幻庵老、左衛門大夫（北條綱成）が待っていた。

「父上、お呼びと聞きましたが」

そう言う私の挨拶を聞きながら、父上達は座るようにと無言で示すので、目の前に着座した。

「呼んだのは外でもない。お前の元服と家督、それに武田との縁組みの事だ」

私が座るや否や氏堯叔父が話し始めた。私としては兄上の葬儀直後の事で嫌な気がするが、これも戦国のならいと思うしかないのであろうか？

「氏時殿が亡くなられた今、松千代丸殿が家督を継ぐが家中の乱れを防ぐ手段じゃ」

幻庵老がそう言うが、家中での私の評判は芳しくない。兄上の為に敢えてうつけを演じてきたのだから、この私が家督を継げば、家中の乱れの元になるのではないか？

「お言葉でございますが、私は亡き新九郎兄上に比べ遙かに劣ります。また日頃の言動態度で家中には嘲りや軽く見る者も多々おりましょう。私より藤菊丸の方がよほど、後継ぎに相応しいかと存じます」

そう言うと、今まで黙っていた父上が目を見開いて私の目を見ながら話し出した。

「松千代丸、お前が新九郎の為を思い、態とうつけを演じてきた事は此処にいる者は知っている。これまでは、儂等もそれを敢えて見て見ぬ振りをしてきた。もう良いであろう、事が事だ。お前を世継ぎとする事にした」

気がつかれていたとは、流石父上達だ。しかし父上達が納得しても評定衆は納得するのであろうか？

「評定衆の事なれば、心配する事もない。万事この老人に任せる事じゃ」

「幻庵老、頼みますぞ」

「なんの、少しずつ松千代丸の良き点を見せていく事で十分動けるわい」

「どうだ、松千代丸、これでも家督を継ぐのは嫌か？」

完敗だ。やはり父上達には敵わない。ここは降参しかない。

「松千代丸、世継ぎとして誠心誠意努力する事をここに誓います」

父上達の顔が安堵した感じになるのが判る。

「松千代丸、亡き新九郎の名を継ぎ、新九郎氏政と名乗るがよい」

「はっ」

「氏時殿の不幸があったとはいえ、これで北條もまた安泰じゃ」

「氏時兄上の分まで北條をもり立てる所存」

「儂等も新九郎殿をもり立てようぞ」

兄上、必ずや北條の悲願を叶えてみせます。何れ其方へ参りますときに緩りと酒など酌み交わしましょうぞ。それまで其方でお待ちください。

「所で、武田との縁組みの事じゃが」

幻庵老、折角(せっかく)現実逃避していた事を思い出したか。

「そうよ、これは当家、今川、武田との同盟に係わる事。氏政殿には因果を含めて貰うしか有りませんぞ」

叔父上！　私の意見はなしか!!

「氏政殿、誰ぞ好きなおなごでもいるのかな?」

左衛門大夫! 気になる子とかはいるけど其処までじゃないやい! 未だ女を知らぬわ!!

「いや、それは未だ」

「ならば、諦めよ。武田晴信の娘といえども、お前を取って食らうような姫ではあるまい」

「そうよ、話によると母親に似の美人と申すぞ」

仕方ない、仕方ない。北條家の為、亡き兄上の為に我慢して婚姻しますよ。決して美人だからじゃないからな、絶対だぞ!!

「判りました。北條家の為、お受け致します」

「それは重畳」

「ようございましたな」

「うむ、氏政、精進せよ」

「はっ」

やっと終わったと思ったが、更に幻庵老の話が始まった。年寄りは長話だからだ。

「氏政殿、つかぬ事を聞くが、余四郎になんぞや遺恨でも有るのか?」

余四郎の事か。ここは保護者に確りと言っておいた方が良いな。

「余四郎に遺恨など有りません。余四郎の活発さ利発さには、私も非常に期待しております。普段であれば藤菊丸の友として十分ですが、余四郎の場合少々他人とは違い大人すぎる考えがございます。優れた洞察力、発想などの非凡さが〝人質の癖に生意気な〟と譜代の家臣に反感を買う恐れがございますれば、ここで私が釘を刺す事で、他の者が余四郎に嫌がらせをするような事がないようにと考えた次第。しかし松田の嫡男には嫌われたようですが、大道寺の親父殿や近藤出羽などには好かれているのですからな」

「成るほどな、確かに余四郎には他人にない物を持っている。実際千歯扱(こ)きや各種農具など目を見張る事を考える能力がある。それを潰させぬようにという訳か」

「はっ、余四郎の伸びしろは未だ未だと存じます」

そう言う私の態度には余四郎に対しての期待と共に、幾度となく責めた後ろ暗さが有った。

「氏政、今いきなりは無理であろうが、何れは余四郎ともよく話し合い、お互いに良く知る事をせよ」

「はっ」

「所で、そうなると、余四郎と妙の婚姻には反対ではないのじゃな？」

「余四郎であれば、妙を嫁がせるに不足はございません」

「氏政、氏時の意志を継いだお前は強いの」

叔父上が感心気に呟く。

「いえそのような事はございません」

「ふむ、氏政も賛成したのであるから余四郎と妙の婚儀はなったの」

幻庵老の言葉に皆が頷く中、私が父上に話しかける。

「父上、願わくば余四郎に少々でも宜しいので所領を与えて頂けませんでしょうか？」

「氏政、それはどのような為だ？」

父上は私の真意を知る為に問いかける。

「はっ、話に因りますと余四郎は新しき農のあり方や、色々な事を試しているようですが、今の幻庵老の所領での実験状態では些か出来辛い事も有るようです。それならば自らの所領でそれをやらせた方が、良いかと存じます」

「成るほど、それほど余四郎を買っているとは。これは左衛門大夫のように北條へ婿入りが相応しいか。どうせ三田弾正少弼は四男であるとして捨てた状態。余四郎の折角の提案も宿老達と二男三男の反対で実行出来ずにいた。只一人野口刑部少輔のみが細々と自領で続けていると有るからな」

「左京殿、いっそ余四郎元服のおりに刑部少輔を召し出し余四郎の宿老に据えてはどうじゃ？」

「幻庵老、それは良い考えだ。兄者どうじゃ？」

「うむ、確かに余四郎としても、気心の知れた者の方が良いな。そう致そう」

俺を蚊帳の外にしてとんとん拍子で決まったか。余四郎、お前の人生決まったみたいだな。実際の所、心を隠していた俺は、お前が羨ましかったという事も有るんだが、お前を兄弟と認める以上は、俺がお前の後ろ盾になってやる。北條家なら家族兄弟は皆仲良しだからな。けど、こき使うから覚悟してくれよな。家族になる以上はそれ相応の苦労はして貰うぞ。

婚約者が決まりました

天文二十三（１５５４）年十二月二十日
■相模国西郡小田原城　三田余四郎

小田原城では、年も押し迫ったこんな時期に武田晴信の娘である梅姫と北条氏康次男新九郎氏政の婚儀が行われていた。

本来であれば、今回の婚儀は先頃亡くなった長男新九郎氏時殿が主役のはずであった。また残念な事に、今年四月五日に幻庵爺さんの奥方花様が、七月二十四日には北条氏綱殿の後妻で近衛家出身の藤姫様が相次いで亡くなられた。

この為に北条家は本来ならば、三重の喪中にもかかわらず婚儀をした事になる。通常であればこのような忌の最中は精進潔斎するのであるが、よほど三国同盟を急ぐ為なのか、そのような事を無視して、そのまま次男に相手をスライドしての婚儀だった。

まあ、この時代の政略結婚だから相手の顔も知らないでいきなり結婚だし、氏政は十六歳、相手の梅姫に至っては数えで十二歳という小学生状態。まあこの時代の特徴かと思いつつ、人質の俺は永禄四（１５６１）年に起こるかも知れない長尾景虎の関東乱入時に、実家の裏切りでどうなるやら判らないので、嫁までは考えていないのが現状だ。

婚儀の行列は、よほど気張ったのか、郡内領主で武田家重臣小山田信有の弟、小山田信茂以下三千騎、総数一万人という大群で小田原まで送ってきた。小山田信茂と言えば軍記物とかでは武田勝頼を裏切った事で有名だけど、実は北條家からも所領を給付されているという、両属している領主なんだよな。

小山田家としても武田家の家臣と言うよりは独立した領主で同盟者って思いがあるんだろうから、落ち目の同盟者より強力な織田家に鞍替えを狙った訳だが、織田信長にはそれが通じずに、裏切り者として一族もろとも処刑された。

気の毒と言えば気の毒だが、そのお陰で郡内が戦禍に飲まれなかったので、無駄ではなかった訳だ。まあ実際この世界で裏切るかは決まった訳じゃないから、松田憲秀の件も有るので変な勘ぐりを見せて警戒されたり、無用な恨みを買うのは止めましょう。

北條家側からは、評定衆であり家老でもある松田盛秀、江戸城代遠山綱景、御馬廻衆桑原盛昌以下二千騎が甲斐上野原まで迎えに参上した。

花嫁の供回りなどの装束も凄まじく豪華で流石武田家だと皆は言っているが、甲斐の内情を知っている俺にしてみれば、精一杯無茶をしているとしか思えない。

何故なら甲斐では天文十九（１５５０）年に大地震が有って以来、二十年は大干魃、二十一年は凶作で飢饉、二十二年は又干魃、二十三年も大干魃と台風で領民が多数死んでいる。つまり五年連続の大凶作という状態での無茶な婚礼行列という訳で、この資金は侵略で賄っているのだと思う。

去年八月の小県侵攻も略奪の為の出稼ぎだろうな。

婚儀は豪勢に進み俺も参加させられたが、他の人質連中を初めて見たな。他の人質は大半が小田原城内で管理されているからかも知れないが、自由に動ける俺の方が異常なようだ。幻庵爺さんには感謝だね。

まあ参加したと言っても末席だから、氏政や梅姫の顔を見る事はなかったけど。梅姫ってあれだよな、武田晴信の正室三条方の生んだ子だから、まさか公家風メークなのかな。白塗りの眉毛のない姿とか。〝おじゃる〟とか言うのかな？　まあ会う事もないだろうから関係ないや。

それより、宴の膳に俺創作の蒲鉾（かまぼこ）、佃煮、みりん、焼酎、天ぷらが出されて好評なので、その搬入で売り上げＵＰですー!!　人質として実家からの仕送りで生活している身としては、貴重な現金収入ですから。まあ実際は幻庵爺さん家の扶養家族ですけど、その辺は気にしないで良いそうですから、その分の金額は貯めておけとの事です。花婆様のお優しさが思い出されて、ほろりと来ます。

しかし、山国なのは判るし魚介類が少ないのは判るが、武田の随員達は海のものを大変珍しがって食している。しかも見る限りテーブルマナーもない状態。まあ末端の兵にそれを求めるのも酷と言えるが、もう少し静かに食べようよ。酒かっ食らって、肴貪り食うのは恥ずかしいぞ。

まあこっちも鯛とか鮑は判るが、流石に海豚（いるか）は面食らうけど、まあこの時代だし鯨と同じと思えば良い訳で確り（しっか）と食してます。

宴が終わって爺さんの屋敷に帰ってきてから、町に出ていた兵庫介から聞いた話だと武田家の随行員は一万人全員が正月過ぎまで小田原へ逗留するそうだ。武田晴信め、さては寒い時期の食い扶持を減らす為に丸投げしてきたな。そう思って幻庵爺さんに聞いたら、笑いながら肯定していた。曰く『甲斐の飢饉は相当な物のようじゃ、晴信殿としても一万もの食い扶持を得る機会を逃したくはないじゃろう』と言われた。流石北條家の諜報部門の長だ。まあ未だ風魔小太郎には会ってないけど、実際にいるのか不明なんだよな。風魔じゃなく風間出羽守っていうのはいるのだけど、これが風魔小太郎なのかな？　人質じゃ判らないのは当たり前だ。

天文二十四（１５５５）年一月二十日
■相模国西郡小田原城　三田余四郎

散々飲み食いしてお土産まで貰って、武田家の随行員達が帰っていった。そんな感じで何時ものように屋敷で偽本を制作していたら、藤菊丸が近藤出羽守と一緒にやってきた。大分慌てている様子が判るけど何かあったのか？

「余四郎！　済まん」

いきなり、当主の三男が傅役とはいえ家臣の前でたかだか人質に頭下げて謝る事はないだろう。こっちは出羽以外の随員がいるから敬語にしなきゃならんな。

「藤菊丸様、一体如何されたのですか？」

「金山の事が親父にばれた」

「はっ？」

金山の事って夢枕の事か？

「先週お前の言った所で金が出たんだよ。それで夢枕の話を聞いた梅姫姉様に話をする事になったんだが、辻褄が合わないと幻庵爺さんに見抜かれて、さっきまで爺さん筆頭に親父、叔父貴に搾られて、お前のダウジングの事を言っちゃったんだよ」

うげげー、ばれたら不味い事を言ってくれたもんだ。下手すりゃ武田に狙われかねんぞ！

「私はそんな話知りませんよ。藤菊丸様の妄想ではないのですか」

「余四郎、逃げるな!!」

「いえいえ、きっと饗宴疲れが出たのでしょう」

無視だ、トコトン無視だ。ここで認めたら負けだ!!

「無視するな、もうすぐ親父達がここに来るんだよ!!」

げっ、惚ける訳にも行かないという事は、そうだ、柴刈りに行けばいいんだよ。

「あっそう言えば、これから山へ柴刈りに行かないと」

「何おとぎ話を言ってるんだ、桃太郎でも拾いに行くのかよ」

「いやいや、山で柴刈りのついでに蟹・臼・蜂・糞・卵・水桶等を家来にするのです」

「そりゃ猿蟹合戦じゃないか！」

「いやいや、家の方じゃ犬猿雉じゃない桃太郎も伝わってるんです」

「へー、其れは初めて聞いたな、って誤魔化すな!!」

「余四郎殿、もう手遅れですぞ」

出羽守の言葉に耳を澄ませたら、幻庵爺さんの声が聞こえるわ、やべー、逃げ損ねた!!

「藤菊丸、余四郎、其処(そこ)に直れ」

氏康殿の野太い声に二人して畏まりましたよ。そりゃ戦国の名将ですよ、逃げられる訳ないじゃないですか。

「はっ」

「はい」

氏康殿、氏堯(うじたか)殿、幻庵爺さんが揃って前に座って、出羽守は外へ出て廻りを警戒しているようだ。

「さて、先週だが、伊豆の土肥(とい)と瓜生野(うりゅうの)で相次いで金の鉱脈が発見された」

ここはおめでとうと言っておかないと。

「おめでとうございます」

「そうだな、我が北條家としても慶事が続く事だ。しかしな、その発見が藤菊丸の夢枕に早雲様がお立ちになったという事だったが、梅姫が是非その話を聞きたいと申して、藤菊丸に話させた所、どうも辻褄が合わないのだ。余四郎はこの事をどう思う」

質問する氏康殿は真面目顔だし、氏堯殿と幻庵爺さんも真面目顔だ。ここは確りと意見をしなければ駄目だな。

「若輩者の意見でございますが、藤菊丸様のお話は夢枕にての事であれば、記憶違いもございましょう」

「成るほどの、記憶違いか、それも確かにあろうな」

よっし、全て上手く行け!!

「そうじゃな、左京殿、藤菊丸が寝ぼけたのであろう」

幻庵爺さん、ナイスフォロー!

「兄者、そうしておいた方が良いかも知れん」

「そうするか。余四郎よ。藤菊丸が寝ぼけたのだな」

「はい、そう思います」

よっし、勝訴だ!!

「と言うと思うか! 金山の事として藤菊丸が余四郎の商売の売り上げの一部を受け取っている事など、既に小太郎が把握済みじゃ」

氏康殿の一喝に俺も藤菊丸も震え上がった。

「小太郎曰く、風魔を舐めて貰っては困るとの事じゃ」

震え上がる俺が今まで見た事のないようなドヤ顔で幻庵爺さんが言葉を放った。

爺さんからのカミングアウトだ!! 風魔小太郎、いたのかよ!! それも密かな事もばれてる!!

って藤菊丸も相当やばそうだ、目が泳いでいるぞ。

「余四郎のダウジングとやらで金山を予想した事はもう判っている。しかし儂等としては、甚だ不味い事にもなりかねない事でな。梅姫に伝わったという事は判るであろう」

もう仕方ない、真面目に行かないとか。

「武田家に知られたという事ですか」

「その通りだ。其処で余四郎の力が知られれば、お前の身も危なくなろう。晴信は強欲な男だ、間違いなくお前を攫(さら)うぞ」

「父上、同盟相手をそれほど悪し様に言うのなんだと思いますが」

藤菊丸の言葉に氏康殿は苦い顔をして話し出した。

「藤菊丸、この戦国の世、親兄弟といえ殺し合うのが普通だ。家督争いが起こらない我が家が珍しいだけで武田も今川も皆兄弟親子で殺し合っているのだ。ましてや同盟相手や義兄弟さえ騙し討ちにする武田晴信を信じる事自体が狂気の沙汰よ。今はお互いに向かう先が違うからこそ良いが、何れ牙を向けてくるかも知れんのだ。精々利用してやるぐらいの気持ちで行かんと寝首を掻かれるぞ」

「そうよ、兄者の言う通りだ。敵なら敵と叩き潰せるが、味方ではどうしようもならんからな。苦戦中に背中から刺されたら堪らんぞ」

「世は海千山千という事じゃ」

藤菊丸を教育するようにありがたい言葉を言う三人。鉾先が此方(こちら)に来る前に終わって欲しいが、無理でした。

「さて、余四郎。今回の事や鉄炮(てっぽう)の改良と鉄炮を担ぐ為の擦輪具(スリング)の開発、塩田などお前の博識を見ておる。このまま放置する事は、北條家としても看過出来ない事になってきた」

うげー、頸(くび)ちょんぱの可能性か、やはり北條は怨敵(おんてき)だ!!

「其処で、今回の金山の事に関しては、既に小太郎の手の者により領国内に藤菊丸の夢枕の話を広めさせているので、余四郎の事がばれる心配は無用じゃ」

ありりゃ、少し違うのか、幽閉か？

「そうよ、知っているのは、兄者、俺、幻庵老と小太郎だけだ。のう小太郎」

そう氏尭殿が言うと、障子を開けて近藤出羽守が入ってきた。

「叔父上、出羽はどうなのですか？」

藤菊丸が質問するが、俺もそれはそう思うぞ。出羽守も聞いているじゃないか。

「ハハハ、本物の出羽殿は本日お風邪を召されて屋敷で寝込んでおりますぞ」

出羽守が笑い出した。という事は、これが風魔小太郎か？

「小太郎、見事なものだな」

「はっ、お褒めに預かり光栄にございます」

うちら二人はポカーンですよ。スゲーぞ風魔小太郎!!

「小太郎、紹介しておこう、藤菊丸と三田余四郎じゃ」

「はっ、藤菊丸様、お初にお目にかかります。風魔小太郎でございます。普段は別の名で奉公しております故、素顔は勘弁して頂きます」

「あ、ああ、藤菊丸だ、宜しく」

「余四郎様、風魔小太郎でございます」

「これはご丁寧に。初めまして、三田余四郎でございます」

「いえいえ、余四郎様とは、一別以来でございます」

「えっ。何処(どこ)かで会いましたか？」

「勝沼で黒板を買い求めました商人が拙者でして」

「ああ、あの小田原から来た」

「覚えて頂いておりましたか」

「はい。あれほど評価してくださった方はいませんでしたから」

「あのときは、余四郎様の調査をしていた訳です」

成るほど、あの頃から目を付けていた訳か、情報ダダ漏(も)れジャン！

「そういう訳で、我らが余四郎を人質に求めたのは、余四郎の才能を買ったからという事だ」

「その通りだ。最初は半信半疑だったが、色々見ていて感心する事ばかりであったからな」

「従って、北條家としては、お前を金輪際、実家へ差し戻す気はない」

「それどころか、余四郎には妙の婿になって貰う事が決まっている」

はぁっ!!　妙姫(たえひめ)って確か史実では千葉親胤(ちばちかたね)に嫁ぐんだろう!!　それが俺の嫁ですか!!　しかも北條一門入りですか!!　どうするんだよ!!　誰か助けてくれー!!

「良かったな、余四郎、これで名実共に兄弟だ!!」

藤菊丸が喜んで俺の肩をバンバン叩いて痛いが、そんな事はどうでも良い。どうすんだよー!!

「其処で、来年早々余四郎の元服と妙との婚姻を致す」

「余四郎は三田姓を捨てる事はせずとも良い。未だ未だ家中には他国衆に北條の名を名乗らすを良しとせん者も多いからじゃ」

「それと、余四郎には台所領として相模酒勾村三百八貫を与える事とする」

えっと、其処って実家に加増されていませんでしたっけ？

「酒勾村だが、先年弾正少弼から、あまりにも所領より遠すぎるとの申し出があって領地替えを行い、入間郡内に替え地を与えた」

あちゃ、遠いからって海に面した良好な土地を捨てるんか、実家マジ遅れてる!!

しかも三百八貫って近藤出羽守の所領が百五十貫ぐらいだから倍だよ。しかも三百八貫と言えば江戸時代の石高だと一貫四石ぐらいだから千二百三十二石、台所領としては凄いぞって喜んでいる訳にもいかないが、婚姻は決定だろうな。

「従って、今日より余四郎は妙の婿として扱う故、その旨を承知せよ」

頭下げて、諦めモードです。藤菊丸の喜ぶ様が恨めしく思えます。

「所で、そのダウジングとやらを見せてみよ」

「はっ」

もう矢でも鉄炮でも持ってこいや!!

という訳で知っている秩父鉱山とか和銅鉱山とかの位置を占いましたよ。それに水銀アマルガム法を書いた偽書とか技術チート本も提出しました。技術チート本は沢庵和尚の受け売りとしましたけどね。大秦の話がシルクロード廻りで来たとか、ソグド人の安一族の本からの知識とかという形で偽書を作りまくっていましたから、その辺の提出でOK出ました。

あ――――父さん母さん、人生って面白いか？　北條綱成ルートってどんな無理ゲーだよ!!　かの坂東太郎こと、佐竹義重と戦うのか、俺が!! あんなリアルチートの化け物相手、出来るか!! ああ無双出来る一騎当千の家臣が欲しい。それに我が子房よ何処にいる!!

前田慶次郎とか竹中半兵衛とかが切実に欲しいぞ!!

宿老は向こうからやってくる

天文二十四（１５５５）年一月一日
■武蔵国多西郡勝沼城　野口刑部少輔秀政

北條家に他国衆として仕えている三田家でも新年の宴が行われていた。

「皆良く来てくれた。今年も良き年であるように」

三田弾正少弼綱秀の言葉に合わせて、列席していた一族郎党が挨拶を行う。

「殿、今年も宜しくお願い致します」

「さあ、ささやかではあるが、皆も楽しんでくれ」

三方に載せられた料理がそれぞれの前に運ばれると、各々が酒を注ぎながら舌鼓を打つ。

皆が皆新しい年を祝っていた中で一人、私のみがある事を考えながら参加していた。それは余四郎様の新しい考えに理解を持つ者の少なさを嘆いていた事と、昨年末に主君弾正少弼に相談された事を。

『殿、お呼びと聞きましたが、如何されましたか？』

『うむ、形部、儂は来年早々隠居し十五郎に家督を譲ろうと思う』

『そうでございますか』

『喜蔵と五郎太郎が何かにつけて十五郎に対抗心を見せておる。このままでは騒動になりかねん。只でさえ我が家は微妙な位置にあるのだから』

『確かに、管領様（上杉憲政）は越後でございますし、公方様（関東公方）のお家も騒動の最中。それに比べて北條は今川、武田と盟約を結びました』

『そうよ、このままで行けば、間違いなく北條が勝つであろう。ここで家を割れば何処かしらに付け入られかねない、其処で隠居する事にした』

『判りました』

『其処で、お前には余四郎の元へ行って貰いたい』

『殿、それは……』

『お前が我が家の為にしている事も判るが、家中の反発が多すぎる。それに此処にいてもその才を活かせまい。それに余四郎は来年にも所領持ちになる』

『どういった事でしょうか？』

『儂が、遠いからと酒勾村三百八貫を返上したのも北條との話し合いの結果よ。それをそのまま余四郎に渡す事になっておる。そして、余四郎は若殿様の馬廻りとして仕える事となっている。これで何が有っても三田家は残る訳だ』

『殿、其処までお考えとは』

『其処で幼い余四郎の為にも宿老が要ろう。余四郎を良く知るお前ならばと思ってな。済まんが余四郎の元へ行ってくれぬか？』

余四郎様を余り物と言いながらも、その才気を惜しんだ結果の考えと思い、更に家中の軋轢を考えればと承諾する気になった。

『それに北條側からも、お前を余四郎の宿老にという話が来ているのだ』

田舎（いなか）の一領主の家臣の動向まで把握しているとは、北條家の耳の良さに驚きであった。

暫し考えた末、承諾する事にした。

『私が隠居し、余四郎様の元へ行くとして、家督を嫡男金右衛門（ちゃくなんきんえもん）に継がせて頂けるのですね？』

『無論だ。金右衛門にはお前と同様、宿老として勤めて貰う』

『はっ、それならば、心置きなく隠居し余四郎様の元へ行く事が出来ます』

『頼んだぞ』

『御意』

『其処で新年の宴で隠居と十五郎の家督相続を伝えるが、お前にはその際の旗振りを頼みたい』

『お任せください。この野口刑部少輔秀政一世一代の大演技をお見せ致しましょう』

『頼んだぞ』

そのような回想をしている最中、殿が皆に話し始める。

「皆に話したい事がある。儂ももう六十五じゃ、流石(さすが)に年を取りすぎた。其処で、今日をもって儂は隠居し家督を十五郎に継がす事にした。皆良いな」

殿の有無を言わせない言葉に皆が文句を言えない状態だ。元々十五郎様はお優しき方なれば家中の不満も少なく、精々喜蔵様と五郎太郎様の側近が騒いでいるだけであればすんなり決まる。そして私の出番も来た訳だ。

「殿、まだまだお若いのに隠居など」

「刑部、決めた事だ、口出し無用ぞ」

私が率先して隠居反対と十五郎様の家督相続を反対する事で家中を纏まらす。

「しかし、十五郎様は未だ未だ未熟でございましょう」

「刑部、十五郎も既に三十じゃ、最早未熟と言えん」

「嫡男相続も宜しゅうございますが」

ここで、他の子供もいるではないかという感じで話しかける。

「それでは、お前が後見する余四郎にでも継がせよと言うのか!!」

「其処まで……」

「ええい！　一宿老が其処まで言うとは、其処に直れ！」

殿が切れた振りをする。

「まあまあ、殿。刑部もお家の事を考えての事、お許しくだされ」

事情を知る、殿の従兄弟三田三河守綱房殿が素早く話に入ってくる。

「父上、私が腑甲斐ない為に、刑部もお家を考え諫言したのです。私が確りすれば良いだけですので、刑部をお許しください」

同じく、事情を知る十五郎様も素早く話しかける。これで十五郎様の意志の強さが判って貰えたはずだ。

「うむ。三河と十五郎に言われては仕方ない。刑部、差し出がましい言葉を許して使わすが、暫く出仕するに及ばず」

「御意」

ふう、これで心置きなく隠居出来る。

天文二十四（１５５５）年一月十四日
■武蔵国多西郡勝沼城

三田家では、宿老野口刑部少輔秀政が隠居を願い出た事で憶測が流れていた。

「やはり、十五郎様の家督相続を反対したからだろうな」

「噂では、余四郎様に家督を譲るように願い出たとか」

「いやいや、単に痛風が辛いだけという話も」

「どれも出鱈目だ、単に居づらくなっただけだ」

などなど、話が流れるが、殿からの命で隠居した為、それ以上の話が上がる事なく萎んでいった。

勝沼城の奥座敷では隠居の綱秀、三河守綱房、弾正少弼綱重が野口刑部少輔秀政と秀政嫡男金右衛門と話していた。

「秀政、済まぬな」

「いえいえ、三田家の為、この程度の事」

「私の為に済まぬな」

「弾正様の御代を小田原で余四郎様と共に楽しみに致します」

「綱重殿、余四郎殿に笑われないようにせねばならんな」

「綱房殿」

「さて、綱重、最初の仕事だ」

「はっ、父上。さて、野口刑部少輔秀政、そちの隠居と嫡男金右衛門の家督相続を認める。それに伴い金右衛門には父と同じ刑部少輔の官位と儂の偏諱を与える。これよりは野口刑部少輔重政と名乗り宿老として儂に仕えてくれ」

「御意。では、殿、私は明後日小田原へ向かいます」

「うむ、秀政、余四郎の事宜しく頼むぞ」

「儂からも頼むぞ」

「はっ。大殿、それと、余四郎様の産物を作っていた職人達が一緒に小田原へ行きたいと申しているのですが、如何致しましょうか？」

「ふむ、此処にいてもその販路も出来ぬか」

綱秀は残念そうな顔をするが綱重がそれを宥める。

「父上、余四郎への餞別に移住を認めてやりましょう。嫌々いても宝の持ち腐れになりますし」

「そうじゃな。秀政、共に向かいたいという職人達は連れていく事を許す」

「はっ」

天文二十四（１５５５）年一月十六日
■武蔵国多西郡勝沼城

「そうか、刑部は小田原へ向かったか、これで邪魔者はいなくなったな」

「それに兄者は入間郡で二百貫か」

「そう言うお前も入間郡で百二十貫でないか」

「父上もあんな遠い場所を捨てて代わりに我々の為に新地をこれほど近い位置へ受けたのだから、ありがたい事よ」

「ほんに、小田原に近いとはいえ、遠すぎて何も出来んからな」

「兄上も次男としての活躍を期待されている訳だな」

「確かに今は家督を継ぐ事は出来ないが、十五郎兄上は子が未だにいないという事が俺の二百貫の所領の意味だろう」

「つまり未だ未だ、相続の可能性が有る訳だ」

「それに、余四郎は刑部と共に遙か小田原だ」

「それに内分所領とはいえ、このお陰で自分の兵を持てるからな」

「動きやすくなったな」

「兄者は誰を宿老にする？」

「やはり塚田又八は、外せんな」

「兄者に取られたか」

「はは、早い者勝ちだ」

天文二十四（１５５５）年一月二十七日
■甲斐国古府中　躑躅ヶ崎館

躑躅ヶ崎館には北條家に嫁いだ梅姫のお付きとして潜入した武田家の女透破からの情報が上がってきていた。

「伊豆に金脈が見つかったとは」

晴信がその虎狼のような目で報告を読みながら、ジロリと隻眼の男を見て話しかける。

「御屋形(おやかた)様、いよいよ北條も独自の金山を持つ訳ですか」

「そうなる。こうなると北條へ高く金を売りつける事も出来なくなる」

「では、その坑道を潰しますか？」

「いや、それは止めておこう。下手に当家の仕業と判れば、またぞろ戦になるわ。今は北信への侵攻が大事だ」

「はっ」

「それより、笑えんな。氏康(うじやす)の三男坊主の夢枕に早雲が立って金山の位置を教えるとは」

「小田原中その噂で持ちきりでございます」

「噂を流しているのは風魔であろうよ」

　隻眼の男の話に対して、晴信は口角を上げながら吐き捨てる。

「そうなりますと」

「夢枕など、戯れ言よ。あんな伊勢氏崩れの早雲坊主如きが枕元に立って金山を教えるぐらいなら、由緒正しき清和源氏の名門武田家当主である儂の元へ義家(よしいえ)公、義光(よしみつ)公が現れない訳がないではないか」

「左様ですな」

「大方、よほど腕の良い山師がいるのであろう。その者を我が家に連れてくれば相当な産金を期待出来よう」

「確かに、そうでございますな」

「勘助、恐らく北條は今後も伊豆での鉱山開発を進めるであろう。その中にいる山師を捜し出すのだ」

「はっ」

「しかし、氏康と比べて氏政という男は、噂通りのようだな」

「はっ、うつけとの噂でございましたが、まさにそのようでございます」

「そうよ、これが死んだ氏時であれば、些か不味かったが。まことに良いときに死んでくれたわ」

まるで何かを知っているかのような表情で薄ら笑いする晴信と勘助。

「まことと、あれほどの幸運はございません」

さらに薄ら笑いする二人。

「そうよな、氏政が当主になれば、北條を上手く操れようぞ」

「氏政殿には是非これからもうつけのままでいて頂きたいですな」

「ハハハ、そうよな。それにしても、このほうとうと佃煮と煮貝という物は旨いの。単なる発想の転換では作れぬ物よ、特にこの佃煮と煮貝を作る際に使う醤油なる物は恐ろしき物になるやも知れん」

「確かに、醤油は驚きました。それにほうとうは、体が芯から温まりますし、佃煮と煮貝は保存性が良いようです」

「これは軍用食として非常に優れている」

「確かに」

「我が家でも早速採用する事に致せ」

「はっ」

天文二十四（１５５５）年一月

■越後国頸城郡　春日山城　長尾景虎

「うむー、揚北衆相変わらずじゃ」

新年の宴であるにもかかわらず、長尾家臣団と上杉家臣団の確執も未だ収まらん。更に上田の政景の事も有る。更に武田晴信か。一昨年小笠原、村上が潰えた今、越後の下腹を突かれるのは不味い。ここは高梨政頼に暫し頑張って貰わないと駄目だ。

そうなると、御上に頂いた私敵治罰の綸旨が効いてくる！

「晴信め、お前の好きにはさせぬ！」

しかし憲政殿をどうするか。頻りに関東出馬を薦めてくるが、足下も固まらん内から動く訳にも行かんし。それに今は未だ時期が悪い。しかしこの儂が関東管領か、親父が以前殺した関東管領上杉顕定の事も有るのに儂にとは、憲政殿はよほど伊勢が憎いらしい。我が子を助けて貰いながらも、あれだけの怒りだ。死んでいたらどうなっていたか。

しかし、管領職をアッサリ手に入れられるかどうかは未だ判らんな。いくら憲政殿が管領職を譲ると言っても関東管領職は都の公方様に任命権があるのだから、このままでは私承と言われるだけだ。継ぐならば、また都へ行き、今度こそ公方様にお会いして任命されなければならんな。

それに憲政殿とて龍若丸の成長を見れば、我が子に管領職を継がせたいと思うかも知れん。それに正当な後継者がいる中で儂が継いで管領の家臣が納得するかが問題だ。今でさえ越後守護家家臣と長尾家家臣が啀み合っているのだから。何れにせよ暫し伊勢は様子見とするしか有るまい。

その上猿千代の事もある。儂はあれが元服するまでの繋ぎ、そのせいで長尾家臣ですら儂派と猿千代派に別れている状態だ。あまりに家臣共の確執が高いならば、出家し隠居すると脅してみるのも手か。そうすれば家臣共も纏まるであろうし、慌てた憲政殿も泣き付いてくるはずだ。まあ暫し様子を見る事も寛容だがな。

天文二十四（１５５５）年一月
■駿河国府中　今川館

今川家でも新年の宴の後、綾姫が弟竹千代丸と遊び相手の三河岡崎城主松平広忠の嫡男松平竹千代に餡蜜、心太、蕎麦など色々な物を作ってあげていた。

「竹千代丸殿、これは甘くて美味しいですね」

「これは、餡蜜っていうんだ。寒天と餡を使った物だよ」

「ふむ。北條家はこんな凄い物を」

「いやいや、これは、兄のような方が作ったんだよ」

「ふむ、その方は？」

「余四郎殿っていって、三田家からの人質なんだけどね。凄くいい人なんだ。あの碁反とかも余四郎殿の発明なんだよ」

「その方は凄い方なんですね」

「そうだよね」

「一度お会いしてみたいものです」

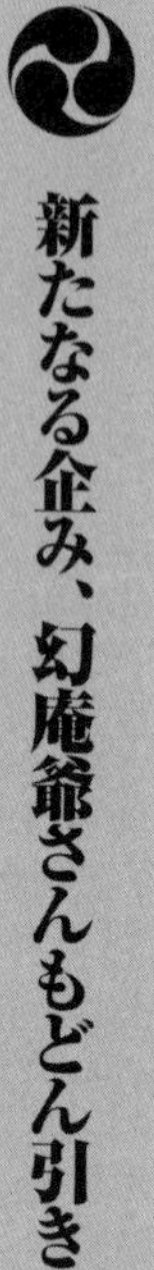

新たなる企み、幻庵爺さんもどん引き

天文二十四（1555）年一月二十五日
■相模国西郡　小田原城下

青梅を出た野口秀政一行の内訳は、野口秀政、妻お冴、三男金四郎、長女お吉、次女お光、その他家臣達と下男下女で二十人、職人達は十家族五十二名であった。

既に北條家には連絡を着けているが、余四郎を驚かそうという事で到着自体を知らせないようにされていた。尤も秀政達も余四郎の所領拝領は知っていたのであるが、婿入りまでは知らされていない状態であった。

「ふう、やっと着いたが、思った以上に開けた町だ」

「そうですね、勝沼が田舎の小城のようですわね」

「さて、儂は氏康様に呼ばれているから行ってくるぞ」

「はい。お気を付けて」

「うむ、お前達は暫しここで寛いでいるがよい」

「はい」

小田原城の門番に来訪を伝えると、直ぐさま城内にある屋敷へと通された。

其処(そこ)で待つ事もなく、直ぐに北條氏堯(うじたか)が現れた。

「野口刑部少輔(ぎょうぶのしょう)、よう来てくれた」

「はっ、氏堯様にはご機嫌麗しく」

「ハハハ、堅い挨拶は無用だ」

「はっ」

「直ぐに御本城様もおいでになる」

「はっ」

そのような遣り取りの後、北條氏康が現れる。

「野口刑部少輔、よく来てくれた」

「左京大夫様にはご機嫌麗しく」

「うむ」

その後は氏堯が話を取り仕切る。

「刑部を呼んだのは外でもない。余四郎殿の元服と所領授与、そして、嫁取りの事だ」

嫁取りだけ勿体ぶって後から伝えた所が、氏堯の茶目っ気という所である。

嫁取りと聞いた瞬間、刑部は驚いた。

「余四郎様に嫁をと言われますか？」

「そうだ、この度余四郎殿の当家への貢献を鑑み、御本城様御三女妙姫(たえひめ)との婚姻を致す仕儀と相なった」

　氏堯の言葉に益々驚く刑部。それに氏康自身が話し始める。

「刑部、余四郎は我が北條にとってかけがえのない者になりつつある。強いて言えば左衛門大夫に匹敵するぐらいのな。其処で我が娘妙を娶らす事にした」

　流石に氏康自身からそう伝えられた以上本当だと判り、更に余四郎様が其処まで買われていると はと、喜びが湧いてきていた。

「はは、主君弾正少弼も喜びまする」

「其処で、余四郎には当面は新地三百八貫を与えるが、来年早々の元服と婚儀の際に引き出物として更に所領を与えるつもりだ。刑部は余四郎の筆頭宿老として仕えるようにせよ」

「御意」

　再び氏堯が話す。

「それに伴い御本城様より、野口刑部少輔秀政に、相模国西郡桑原郷、成田郷にて百貫を与える」

「ありがたき幸せ」

「刑部、頼むぞ」

「御意」

「さて、屋敷に案内させよう。余四郎殿に会いたいのは山々であろうが、明日に致せ。まずは皆の旅の疲れを癒してから会うようにせよ」

「はっ」

天文二十四（1555）年一月二十五日
■相模国西郡　小田原城下

そんな事とは露知らず、結婚により北條一門に強制編入という事実にショックを受けながらも、やっとの事で復活した余四郎は、死亡フラグを叩き折る為に動き出していた。

「幻庵様、ご相談が」

「なんじゃ、改まって。普段のようにせんか、それでは気持ちが悪いわい」

「それじゃ言いますが、幻庵爺様が諜報部門の総責任者である事は、色々な動きで判りました」

幻庵が眼を細めると眼光が鋭くなった。

「それが何か有るのか？」

「はい、現在の諜報ですが、連歌師や僧侶などを使っての事でしょうが、それ以外の方法はしていないのでしょうか？　無論風魔は使っているのでしょうが」

「うむ、普通であれば教えぬ所じゃが、お主ならば気づくであろうから言っておこう。風魔は焼き働きや戦闘行為には向いておるが、諜報に関しては些か心許ない状態じゃ。それがどうかしたのか？」

「はい、風魔が心許ないのであれば、別の者を使うのも一興かと思いまして」

「他の透破を雇うというのか。伊賀者は金で雇えるが、それは風魔の手前難しいぞ」

縄張り上絶対無理だと、幻庵はそう諭す。

「いえ、伊賀者や他の透破を雇うのではなく。風魔一族として新たに育てるのです」

「しかし、そう簡単に透破の一族は増えんぞ」

「いえ、戦闘などを重点にするのではなく、情報収集を重点とさせるのです」

「うむ、それならば、僧侶や連歌師で事足りるのでないか？」

「確かにそうかも知れませんが、世の中誰でもその点に関しては気がついておりましょう。流れの僧侶では中々中心部まで入り込む事も難しいと思います」

幻庵は余四郎の言葉を正鵠を得ていると考えた。

「では如何（いかが）する？」

「はい。この世界には怪しまれずに行き来出来る人々もおります」

「ふむ、してどのような者達を考えておる？」

幻庵も興味津々で聞いてくる。

「はい。歩き巫女を利用しようかと思います」

余四郎の一言にさしもの幻庵も驚く。

「歩き巫女じゃと、確かにあの者達は全国を渡り歩いている。しかも戦場へ来てもなんの不思議もないか」

「そうです。巫女とはいえ実際には春を売る者もおりますので、各地を歩いてその地方の情報の収集や、戦場へ行き抱かれながらの収集など、更には見目麗しい者達は大名や有力家臣の妾になり情報の中枢まで入り込む事も可能です」

幻庵にしてみればそういう事があったかとの思いであったが、手放しで賛成する訳にもいかない危惧があった。

「確かに歩き巫女なれば、それが可能であろうが、しかし風魔一族の数が限られていて、それほど歩き巫女になるべき人材はおらぬ。その辺をどうするのじゃ？」

幻庵は人数の問題が有る為、そう簡単にはいかないと考え余四郎に問いかける。

「はい、その辺も考えて有ります。今は乱世です、巷には孤児や捨て子などが山ほどおります。それらを集めて幼い頃より教育を行い完璧な人材を育て上げればいいのです。確かに時間はかかりますが、よそ者の透破を雇い裏切られるよりは、遙かにマシかと思います」

余四郎の言葉に思わず絶句する幻庵。齢六十を超え、北條家情報部門の長として長年生きてきた自分も未だ未だ未熟だと感じた。そして、余四郎こそ儂の後を継ぐべき人材だという事を完全に確信したのである。その為更に教育が厳しくなるのは、この後の話だが、余四郎自身の死亡フラグ折りが、更なる苦労を背負わせる結果になるのは、不幸を呼ぶ体質なのか？　それとも態々危ない方へ飛び込みたくなる性格なのか？　どうなのかは神のみぞ知る状態と言えよう。

「確かにそうじゃ、僧侶などの男では警戒されるが、おなごであればさほど警戒されない。盲点であった。しかし余四郎もとても元服前の小童とは思えんな」

そう言う幻庵を見ながら、悪戯がばれた子供のように余四郎が答える。

「良い教師（幻庵）様がいますからね」

「ハハハ、言うわ」

余四郎が提案した歩き巫女であるが、史実では武田信玄が望月千代女に命じて組織化したものである。その始めは、永禄四（１５６１）年に起きた第四次川中島の戦いで千代女の夫望月信頼が討ち死にした為に未亡人になった事が原因の一つとなっている。

千代女は甲賀流忍者を構成する甲賀五十三家の筆頭上忍の甲賀望月家の出身である。彼女の忍術の腕を買った武田信玄が、彼女に命じて組織させたのが歩き巫女であるから、この時点ではその影すらない状態である。つまりは後出しジャンケン状態だが、先にやった者勝ちなのは何処の世界でも常識である。

「うむ、これは左京殿や小太郎とも相談しなければならんが、儂としては進めたいの」

「はい」

余四郎の顔を見て幻庵は問いかけた。

「その顔は未だ未だ話があるようじゃな」

「幻庵爺様には敵いません」

「フフフ。良いわ、聞こう」

「はい、他には酒匂川の治水、農政に関する事、新たな産物の作成、経済に関する事、飢饉対策に対する事、兵に関する事、そして外交に関する事などです」

「これは、流石に多いの」

「北條一門に連なる以上は、やれる事をやりたいのです」

「そうか」

この辺が、出し惜しみする事が嫌な性格が出ているといえる。考えようによっては完成後にお払い箱になりかねない危険も有るのだが、前世の平和惚けが未だ残っているのが厄介かも知れない。まあ幻庵も氏康も氏政（うじまさ）も排除なんぞ更々考えていないから、良いのであるが。主君が武田信玄であれば、ほぼ間違いなく粛正の対象になったであろう。

「治水についてですが、この図をご覧ください」

そう見せた図面には、連続する堤ではなく隙間を空けて上流側の堤防が下流側堤防の堤外（河川側）に入り込んでいる堤防があった。あらかじめ間に切れ目を入れた不連続の堤防が主。不連続点においては、不連続部周辺の堤内（生活・営農区域）側は、遊水池と書いてある。

「うむ、これでは、洪水のとき水が浸入するのではないか？」

「はい、これは霞堤といいまして、態と隙間を空け、その堤内側は予め浸水を予想されている遊水地として、洪水時の増水による堤への一方的負荷を軽減し、決壊の危険性を少なくさせる物です」

「うむー」

余四郎の説明に幻庵が唸った。

「更に、洪水の水には上流の肥沃な土砂が入っています。それを海に流さずに有効的に土地の肥沃化に利用出来ます」

「しかし、大量の水が来た際にはどうする？」

「それならば、霞部に真竹を密に植栽し水害防備林を作り、洪水時には土砂を竹林内に沈殿させ、水だけを流して被害を軽減させれば宜しいかと」

「成るほど、竹ならば根を張り強いからな」

「更に元々、遊水地に浸水させる目的があるので、堤は高くなくても良く。堤に切れ目が有る為、増水した川の水をそこから堤後背の遊水地へ逃がせます。その後、水位が下がれば、逆にその切れ目から速やかに排水が行われます。他には、上流の氾濫を下流の霞堤で吸収出来る事で、被害軽減に有用なのと、平時において周辺田畑や排水路の排水が容易に行える事です」

　余四郎の博識に大いに驚く幻庵。

「うむ、これは実験してみるのが良いか。余四郎の所領である酒勾(さかわ)村は丁度良い位置じゃ。お家の資金で実験してみると良い」

「はい。ありがたいです」

「よいよい。これで成功すれば、関東各地で河川に霞堤を築き洪水から護る事も出来るからな」

　この霞堤も武田信玄のパクリであるが、信玄が霞堤を作り出したのが、弘治(こうじ)年間（１５５５〜１５５８）と言われているので、これも先取りである。

　農政に関しては、新規植物の栽培などであったが、新しいものとしては煙草の栽培を試験的に始めるというものもあった。秦野といえば煙草という前世の知識が有った事は確かである。それに伴い質の良い煙草が出来たら堺(さかい)などへ輸出する事も示された。

「煙草だけではなく、真珠の養殖が出来る事が判りました」

「なんと！」

さしもの幻庵も声を上げ驚く。

「この唐から来た文昌雑録の一部に有ったのですが。この近海にも棲む阿古屋貝という貝の肉に他の貝より削り出した玉を植え込むと、それに貝の裏側の光る部分と同じ部分を巻き付けていくそうです。そして数年で立派な真珠になるそうです」

「それが真ならば、凄まじい資金になり得る」

「そこで実験してみたいのですが？」

「判った。何処で行うか？」

「なんでも、この本には阿古屋貝は透明度の高い内湾で育てるのが良いと有ります」

「判った、それに適した湾を探そう。恐らくは伊豆が良いであろう」

「お願いします」

そして、経済に関しては、非常に画期的な事案となった。

「経済ですが、現在銭が不足がちです。何故なら我が国は遙か過去に貨幣を発行して以来全て唐からの輸入に頼ってきたからです」

「確かにそうじゃ、それに鐚銭も多くて困っておる」

「其処で、鐚銭二枚から四枚が精銭一枚と交換されている事を利用します。まず銅地金を輸入または各地の鉱山から集め、小田原辺りに銭座を作ります。其処で永楽通寶を北條家自ら製造します。それにより質の良い永楽通寶を発行し、鐚銭と精銭を交換して、鐚銭を回収後鋳潰して再利用します。そうすれば、鐚銭の数が減り精銭の数が増えていきます。制作には腕の良い飾り職人や鋳造職人を雇えばいい訳ですから、それに仕える徒弟として孤児を使えば更に良い結果になります」

「成るほど、それは良いかも知れない。さすれば、貨幣不足も鐚銭問題も解決しそうじゃ」

この新規鋳造だが、前世で読んだ記事に、茨城県で大規模な永楽通寳の鋳造施設が発掘されたと書いてあったのを覚えていたからこそ考えついたのである。

「それと金山開発で、武田を筆頭に我が家の山師を捜すと思います」

「儂も、同じ意見じゃ。晴信が夢枕の話を信じるとは到底思えん」

「其処で、風魔に偽の山師になって貰いましょう」

余四郎の茶目っ気たっぷりな提案に幻庵は思わずニヤリとする。

「それは良い考えじゃ。名前はなんと致す」

「そうですね、大久保長安とかはどうでしょうか？」

「何故その名前じゃ？」

「なんとなくです。鉱山とは大きな窪地を作る、そして長く安泰でいて欲しいものですから」

「ハハハ、トンチか。それは良い、左京殿と話して決めよう」

「はい」

飢饉対策では、元々行い始めていた義倉に次いで兵糧丸の作成と備蓄を提案し、幻庵も金山発見で資金的な余裕が出来た為、氏康殿も反対しないと太鼓判を押した。

「幻庵爺様、さっきの歩き巫女ですが」

「何か思い出したか？」

「いえ、歩き巫女はおなごですが、世に捨て子や孤児はおなごだけではありません」

「ふむ、男児をどうするかという事か」

「はい、男児も放っておけば、厄介です」

「ならばどうする、男では巫女になれんぞ」

「其処で、北條家の予算で孤児や捨て子を育てる場所を作ります」

「なんと、そのような無駄は出来んぞ」

「いえ、無駄にはさせません。これは極めて悪辣ですが、宜しいでしょうか？」

「最早、腹は括ったわ」

「では、幼い頃より北條家への恩義を教え込み、読み書き算術を教え込みます。優秀な者は文官として、力の有る者は武官として取り立てます。更にどちらにもならない者は、兵とします」

「なんと、それは」

「はい、極めて悪辣な人非人的なやり方ですが、天竺より先のオスマンという国にはイェニチェリとかいう精鋭の常備兵がいるそうです」

幻庵も目をパチクリしながら理解しようとする。

「そのイェなんとかが、同じようにしているという訳か」

「はい、大秦(ローマ)より来た書物にそのような事が書いてありました」

「うむー、確かに、凄い事だ」

「それに、足軽共は勝ち戦ならいざ知らず、負ければ蜘蛛の子を散らすように消え去りますが、彼等は最後まで踏みとどまって戦闘をするそうです。それに足軽のように略奪三昧な行動を取りません」

「うむ、足軽共の規律のなさは儂も頭が痛いが」

「其処で、十年以上はかかりますが、歩き巫女と、常備兵を対にして行えばと思いました」

「成るほど、これも左京殿と相談してみようぞ」

「はい、最後に外交ですが」

「それはさほど差し迫った事はなかろう？」

「いえ、何れ絶対来るであろう、帝の崩御についてです」

「帝か」

「はい。今の帝の財政は後柏原帝崩御の際に大喪の礼が資金不足で長々と延期され、今上帝も即位に十年も掛かるという体たらくです」

「確かにそうじゃな。幕府政所執事の伊勢家も金がないとぼやいておるわ」

「伊勢家といえば、早雲様のご一族ですね」

「そうじゃ、早雲様は伊勢家の分家備中伊勢家の出身だが、若き頃足利義尚公にお仕えしていてな、その後今川へ下向したのじゃよ」

「成るほど、長尾などよりよほど家格は上ですね」

「そうよ。同じ平氏でも彼方は坂東平氏、此方は伊勢平氏じゃ。嫡流は此方よ」

「成るほど」

「さて、それで帝の事じゃが」

「はい、今上帝も既に五十はとうに超えておりましょう」

「確かに」

「そうなれば、不敬ですが何時お隠れになってもおかしくないかと」

「ハハハ、さすれば、儂も同じじゃがな」

「幻庵爺様は百まで生きる気がします」

「ハハハハハ」

「その際、当家の金山や経済により溜め込んだ資金で一気に大喪の礼、即位式、更に皇居の新築と百年近く行われていない伊勢神宮の式年遷宮資金を寄進するのです」

「それは、凄い資金になるぞ。どの程度の価値が有る？」

「今公方様といえども、逃げ回る時代です。今有る権力としては帝を利用した方が遙かに良いかと、それに……」

幻庵は余四郎の話に驚いたが、よく考えれば確かにそれを行えば、長尾や上杉憲政といえども、関東出馬を躊躇するのではないかと思った。

「余四郎、これは恐ろしき考えよ。共に左京殿にも伝えるぞ。付いて参れ」

「はい」

この後、氏康、氏堯、幻庵、余四郎による四者面談状態での話し合いで、北條家の行く末が決まる事になった。尚、氏政には、梅姫の関係で暫くは隠される事になった。

このときより、より一層幻庵は京都への繋ぎを頻繁にする事になる。

また、素早く都へ向かう為の水軍の強化が話し合われた結果として、有名ではあるが不遇をかこったある人物が史実と違い北條家との同盟関係を結ぶ事となるが、それは数年後の事であった。

天文二十四（１５５５）年一月二十六日
■相模国西郡　小田原城下　野口刑部少輔屋敷

「お久しぶりでございます、余四郎様」

「刑部、一別以来だな」

「はっ、この度は御婚姻おめでとうございます。刑部は嬉しゅうございますぞ。あの小さかった余四郎様が北條家の婿になられるとは、本当に夢のような事でございます」

野口刑部が感動のあまり男泣きしながら余四郎に挨拶をし続けるが、余四郎にしてみればどん引き状態であった。

「刑部、良く来てくれた。親父殿達は壮健かい？」

「はい、大殿、殿、皆お元気でございます」

「それは良かった」

「刑部は俺の宿老として仕えてくれるんだよね？」

「はっ、大殿、殿から、そのように。更に北條氏康様からもでございます」

「それはそれは、刑部、これから苦労かけるが、宜しく頼む」

余四郎も刑部も心の底から笑みが溢れていた。

「なんの、余四郎様の為にこの老骨に鞭を打ってもお仕え致しますぞ」

「ありがたい刑部、これで経営も軌道に乗る」

「領地経営でございますな」

「あ、それもあるが、産物の店も出していてな」

余四郎の話を刑部は身を乗り出してにこやかに聞いている。

「ほう、それはそれは、流石(さすが)余四郎様です」

「まあ、色々と開発出来たので」

「それは楽しみですな」

「追々、説明するよ」

「はっ」

「そう言えば、所領だけど」

「それならば、既に氏康様より百貫も頂きましたので、無用ですぞ」

「成るほど、それならば金次郎達に所領を与えれば良い訳か」

「そのようになりますが、金次郎達は未だ未だ未熟でございますので、過分な扱いは本人の為になりません」

「では、幾ら与えれば？」

「そうですな、皆一応は騎馬武者ですので、軍役から行けば五十貫で騎馬一騎、旗一幕、弓一張、鑓二本です。今は騎馬武者ですので、十貫程度で宜しいでしょう」

「判った。じゃあ金次郎達にそれぞれ所領十貫を与えよう」

「はっ」

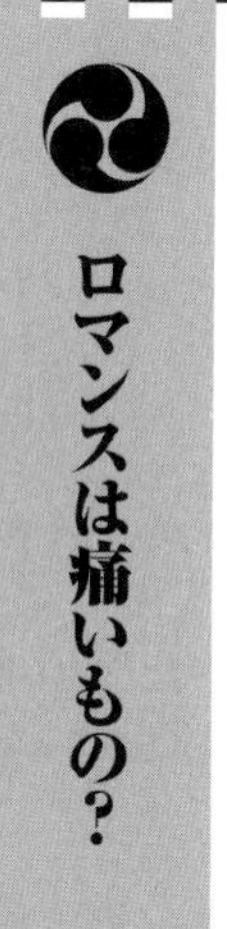

ロマンスは痛いもの？

天文二十四（1555）年七月七日
■相模国西郡小田原城

今日は七夕なんだが、この時代は未だ竹に短冊を吊す事は行われていなかったんだよ。妙姫と婚約する事になってから初の七夕だから何かロマンチックな事でもと考えたんだけど、『竹に短冊ってなんですか？』って聞かれて説明したら、『それは素敵な風習ですね』ってキラキラとした笑顔で言われたから、それじゃやろうという話になって、あれよあれよという間に、皆に伝わった結果。小田原城内で一番見晴らしの良い八幡山本丸の櫓近くに臨時の桟敷を作って、竹に短冊吊して七夕となりました。


「余四郎様は何をお書きになったのですか？」

「いやー、何その」

「妙に言えない事ですか？」

「そのような事はないのですけど……」

「うふふ、見てくれれば判るんですけどね」

いやー、〝世界征服〟とか〝商売繁盛〟とか書いてないし、単に〝平穏無事〟なんだよな。

そんな感じで最初は氏康殿、幻庵爺さんを始めとして大勢いたのに、いつの間にやら妙姫と二人っきりにされていた訳で、しかも、さっき手水に行ったら桟敷内に布団が敷いてあるという状態に。

これってお膳立てだよな。とはいえ、婚姻前で未だ十代前半の妙姫に手を出す事など出来る訳がなく、和気藹々とする事でみんなの思惑を外してやるぜ。

「妙様、夜空を眺めてみませんか？」

「余四郎様、妙と呼んで頂きたいのですが、今は我慢致しますね」

「済みませぬ、未だ心の整理が出来ておりませんので」

なんとか、桟敷から外の東屋へ移動する事が出来たのは僥倖だな。

「余四郎様、天の川が綺麗ですね」

「ええ、牽牛と織女もあの水量では渡るのも苦労するでしょうね」

「余四郎様」

やっぱ外した答えで、妙姫がプクッと頬を脹らましているんだけど可愛いわ。現代で大きなお友達がこんな姿見たなら、間違いなく危ない行動に出るわっていうくらいの美少女ぶりだ。精神年齢が高くなきゃそのまんま事に及びそうな感じなんだよ。

「妙様、済みません。あまりの緊張につい口が滑りまして」

「なら良いんですけど、余四郎様は父や幻庵老を驚かすほどのお方ですから、何か思惑があるのかと思いましたのよ」

「いえいえ」

流石は氏康殿の娘だわ、勘が良いったらありゃしない。

「うふふ、牽牛と織女は仕事を忘れてしまった為に、天帝から罰を受けましたけど、私達はそうならないようにしなければいけませんね」

「はぁ」

うわー、何度も思うが幼いとしても流石だわ、タジタジだよ。

「妙様、それは未だ……」

早いですよと言おうとした瞬間、突然大地が揺れ始めた。

「きゃっ」

その揺れは次第に強くなり、立っていられないほどになった。

「妙様!」


大地が揺れる中、地震だと判断した余四郎は怖がる妙姫を抱きかかえて、安全な場所を探すが元々臨時に作った桟敷であるが故か、地震の揺れに絶えきれずに建物が倒壊し、瓦礫が礫のように余四郎達に襲いかかる。余四郎は咄嗟に自らを盾にして妙を守ろうとした。

「ぐっ……」

余四郎の苦悶の声が暗闇に響くが、決して妙を離そうとしない。

「余四郎様」

心配した妙が声をかけるが返事をする力もないのか、余四郎は呻き声を上げるだけである。

永遠に続くかと思えるほどの揺れが収まると、妙の顔に何やら生暖かい物が垂れてきた。

「余四郎様、余四郎様、どうなさったのですか！」

妙の声が八幡山に響く中、提灯の明かりを掲げながらいち早く駆けつけた北條綱成(つなしげ)達が妙達を見つけようと、瓦礫になった桟敷へ駆け寄る。

「妙殿、御無事でございますか」

妙は見当違いの所を捜す者達に助けを求めた。

「叔父上、此方(こちら)です」

その声を聞いた綱成は直ぐに振り向き提灯の明かりを翳し駆け寄るが、直ぐさま息を呑んだ。

余四郎が必死に妙を守るように覆い被さった背中に木の破片が突き刺さり、頭からは鮮血が流れていたのである。無論余四郎はこの時点で気を失っていた。

「妙殿、直ぐにお助け致す」

そう言うと、綱成は余四郎をゆっくりと抱きかかえながら、静かに移動させると妙を抱き起こす。

妙はその際初めて自らの顔に掛かっているのが余四郎の血だと判り、余四郎の傷を見て驚愕する。

「余四郎様、余四郎様、確(しっか)りなさってください」

慌てる妙を綱成が静止し宥める。

「妙殿、余四郎は直ぐに手当せねばなりません。落ち着きなされ」

そのような遣り取りをする間に、余四郎が製作を進めたタンカが運ばれ余四郎を乗せて無事な建物へと運んでいった。


余四郎の怪我は木の破片が背中に刺さり、頭部へ瓦礫が当たった事による脳震盪であったが、幸いにも急所を外していた為に一命をとりとめた。

翌日に目を覚ました余四郎が見たのは、ウツラウツラしながら余四郎の手をグッと握る妙の姿であった。妙は昨日から寝ないで余四郎の元にいたのである。その姿を見て余四郎は再度気を失い、次に目覚めたのは三日後であった。その際にも妙が手を握っていた。

「妙様」

「余四郎様、余四郎様、良かったです」

妙は目に涙を浮かべて喜ぶ。

「妙様は御無事でしたか」

「はい、余四郎様のお陰で掠り傷一つ負ってはおりません」

「それは良かった」

「余四郎様、何故あのような事を？」

「何故って、おなごを守るのが男というものですから」

焦燥しきった中で、辿々しく話す二人。

「余四郎様、余四郎様」

妙は泣きながら余四郎の顔に優しく手を沿えて撫でる。

余四郎はまたゆっくりと目を瞑(つむ)って眠りにつく。

そうした事が二か月ほど続き、余四郎と妙との間は完全に心が繋がる事となった。

天文二十四（1555）年九月一日
■相模国西郡小田原城

七夕地震の影響で大怪我を負った余四郎は背中の傷は癒えたが、顔の傷は右頬に裂傷が残り氏康の向こう傷のような面相になっていた。そんな中、鍛錬が出来ない状態であるが故に、手慰みに色々と品物を考案しながら過ごしていた。

余四郎の見舞いには妙をはじめとして多くの者達が来ていたが、母親の瑞姫が地震で負傷した為、小田原へ見舞いに里帰りしてきていた綾姫(あやひめ)も来てくれていた。

「余四郎殿、お体は宜しいのですか？」

「綾様、お陰様を持ちましてこの通りにございます」

余四郎が元気だと言うが如くに見せる姿を、妙と一緒に綾は見ながら真剣な表情をした。

「余四郎殿、この度は我が妹を助けて頂き、お礼の言いようもございません。余四郎殿がいなければ妙は死んでいたかも知れません」

あまりの丁重なお辞儀にたじろぐ余四郎。

「綾様、お顔をお上げください。おなごを守るのが男でございます」

綾に対して真剣な表情でそう言う余四郎を見て、妙はなんだか面白くない感情が沸々と上がってくる。

「フフフ、そうですね、あまり言いすぎると妙が焼き餅を焼きますからね」

綾は真剣な表情からにこやかな表情へと変え、妙と余四郎をからかう。

「御姉様」

「綾様」

「フフフ、お熱い事で。けれど私と彦五郎様も負けずにおりますよ」

綾の惚気を込めた話で更に場が朗らかになる。

そのとき、余四郎が縫い物をしている事に気がついた綾が質問した。

「余四郎殿、それはなんなのですか？　茵にしては妙ですし」

地震被害にあって頭を怪我したので、余四郎は前世の知識から防災頭巾を考案しようと布を縫っていたのである。

「これでございますか、これは地震などで落ちてくる瓦礫などから頭を守る為の頭巾です」

「見せてくださいな」

そう言われた以上は見せるしかないと、余四郎は綾に頭巾を手渡す。

興味深そうに色々見る綾であるが、ふと考えたかのように質問してくる。

「余四郎殿、これは頭に被るだけの物ですか？」

「流石は綾様、これは普段は茵として座りながら、いざというときには頭に被るように考えた物です」

「成るほど」

そう言いながら、座ったり頭に被ったりする綾姫。

「御姉様」

あまりのはしゃぎっぷりに、妙も少々引く。

「郷に帰ってきたからには、少しは発散しないとやっていけませんからね」

やはり氏真とは熱々でも、家臣団などとの付き合いに疲れがあるようであった。

「成るほど。では御姉様、御緩りとしてくださいませ」

「ええ。余四郎殿、その頭巾は良い考えだと思います。私も作りたいので、教えてくださいね」

「はい」

否応なしに笑顔で攻められて、ハイとしか言いようがない余四郎。

「じゃあ、皆の分も作るから。そうそう、布は私の子供の頃の古着が未だ倉にあるでしょうから、それを使いましょうね」

そう言うと、お付きの老女にテキパキと指示して僅かな時間に沢山の古着を集めてこさせた。その多さに驚く余四郎。

「凄い量ですね」

「ええ、曾祖父早雲公以来の倹約で捨てる事をしないので、どうしても溜まるのよね。それでも必ず活用するから良いのですけどね」

「余四郎様、早く作りましょう」

綾と楽しそうに話す余四郎に妙が急かすように言ってくるが、それが焼き餅なのは端から見ていても判るほどで綾はニコリとする。

「はいはい、妙、取ったりしないから落ち着きなさい。そのような事では余四郎殿に愛想を尽かされますよ」

「御姉様ったら」

姉妹の会話にタジタジの余四郎は、意を決して指導し始める。

「では、型紙を当てて白墨（チョーク）を使って布に線を引き、切りましょう」

などと始まり、何日かかけて、幾つもの頭巾を製作した三人は、それぞれ色々な人に渡していった。

一か月後に綾姫は駿河府中へと帰っていった。

あの臭いはラッパのマーク

天文二十四（1555）年十月一日
■相模国西郡　小田原城下　三田余四郎屋敷　三田余四郎

今日、天文二十四（1555）年十月一日と言えば、史実では毛利元就さんが、陶晴賢さんと厳島で戦いの真っ最中のはず。

領主生活が始まって、頃の良い重陽（九月九日）に妙姫との婚約が宿老連中に発表されると大騒ぎ。三派に分かれて喧々諤々、反対派と賛成派が拮抗していて、中立派もいるにはいるが数は少ない状態。結局は北條名物の小田原評定で宿老の大道寺盛昌、松田盛秀、遠山綱景、笠原綱信、清水康英、石巻家貞が代表して意見を述べた訳でして。

松田盛秀、石巻家貞は反対派、大道寺盛昌、笠原綱信、清水康英は賛成派、んで遠山綱景が中立派だった。

反対派の理由は、松田盛秀は息子憲秀の関係で元々俺を嫌いになっているという下らない理由らしい。石巻家貞は単に他国衆の四男に姫を嫁がす事が果たして良い事なのかという真っ当な理由。

賛成派の理由は、大道寺のオッさんの場合は俺と仲が良いからって事と、孫の政繁が内政上手で俺と話が合うのでよく藤菊丸とも一緒に論戦していたから、それで俺の能力を知った事も賛成の理由だそうだ。曰く『三田余四郎殿なら、我が家の愚孫より遙かに優れた内政能力を持っている。この儂が保証する』って言ってくれましたよ。大道寺のオッさん、ありがとう。

伊豆郡代笠原綱信は、金山開発で金山発見の功労者として偽装した大久保長安を推挙したのが俺と密かに知らされた為。清水康英は伊豆衆だけあって、水軍強化作戦の提案を出したのが俺だという事を密かに知らされた為。二人は俺の能力を知って、それならば大丈夫だと思ったという事。

遠山綱景は接点が全くないから、判断しかねるそうだ。

結局、氏康殿、氏堯殿、幻庵爺さん、更にビックリなのが絶対反対すると思った氏政が賛成に回った。んー、次期当主になって、多少は考えるようになったかな？　それとも七夕で妙ちゃんを体を張って守ったのが影響しているかな？　しかし氏政が賛成に回った瞬間、松田盛秀がビックリ顔をしていたから、きっと反対すると思ったんだろう。俺もそう思ったから、松田盛秀の驚きは相当なものだっただろう。

そんなこんなで、当主一家全員が賛成した以上は、石巻家貞、遠山綱景も賛成に回り、孤立無援の松田盛秀は、『どうなっても知りませんぞ』って言って棄権したので、賛成多数で妙姫と俺の婚姻が決定された訳で、完全に人生決まりました。松田家との確執も出来ましたけどね。あー、憂鬱だ！

その日から扱いは既に人質じゃなく婿殿状態、貰った屋敷が小田原城の本丸から僅か五町（約545ｍ）って言うだけでも相当なものです。場所的には今の小田原駅西口ロータリーの辺りか？

至れり尽くせりですが、宿老達以外には未だ箝口令が敷かれてます。理由は氏政の側近にするんで城の近くに屋敷を下賜したと言っているそうですが、直ぐに広まりそうな気がする。

何故なら、七月七日の地震で、自分は妙ちゃんを守って大怪我、それを知った松田憲秀辺りが、〝妙姫に良からぬ事をしようとしたから罰が当たった〟と、突っかかってくるようになったから。奴はどうやら妙姫を狙っていたっぽい。母親が北條綱成の妹だから、既に側室がいるくせに、自分が氏康殿の娘を嫁にと思っていたようだ。だから親子揃って反対した訳だ。こりゃ修羅場になりそうな気がするが、俺とて好きで北條家の婿になる訳じゃないのに、一方的に怨まれるのは不幸です。

しかも地震なんて祟りとかじゃないって言っても、この時代の人はメカニズムを知らないからな。史実だとこの地震は確か天文二十三（１５５４）年に伊豆で殺害された上杉憲政の嫡子龍若丸の祟りだと恐れられた地震だったはず。それが今回は婚約を知った松田憲秀が〝早雲様、氏綱様が妙姫を下賤の輩に嫁がせるのを怒っている〟と、言いふらしている訳だ。

それを聞いた藤菊丸も切れ気味で、うざい松田憲秀を絞めるかって相談してくるわ、珍しく乙千代丸が、クックックと笑いながら、絞めるなら手伝うぞって言うわ。それはそれで内乱になりかねないので、止めてますけど、けど憲秀の野郎！

「あまりしつこいと、ヒマシ油で作った天ぷら喰わすぞ!!」

いかんいかん、つい口に出しちゃったよ。誰も聞いてないよな？

よし誰もいないな、まあ其処は置いといて。所領の方は、刑部が主に仕切っていて、牛、馬、鶏と捕獲した猪、鹿の飼育を行いながら、その糞で堆肥を作るようにしている。馬の堆肥は既に有ったんだが、鶏を大量に飼って鶏糞を利用するとは、前世の実家が農家だったのでその知識なんだよな。

他にも、健康食品として運良く海岸に自生していたアシタバを育てたり、ある事をする為にレンリソウ、イタチササゲ、ハマエンドウを育てて、豆を保管しますよ。本当はスイートピーが欲しいんだが、未だ日本に入ってきてないんだよ。それにトウゴマも手に入れて栽培開始、これも備蓄する為です。念には念を入れないとですからね。

他に国府津に入ってくる商人達に、南蛮人や中国人からカンゾウとシナモンの生きているのを手に入れるように頼んでいます。加工したカンゾウとシナモンは手に入りやすいから買う度に保管してますけどね。あとは、トマト、タマネギ、キャベツが欲しいので頼んでますが、果たしていつ来るか。

最近、丹沢山地や山北からブナの木を切り出して酒匂川に流して貰い回収した後、炭にして小田原で売ってます。その際に出る木酢酸を集めているんですよ。ある物を作る為に、既にシナモン、カンゾウとかの必要な生薬は集まっているので、後は集まった木酢酸を精製すればＯＫ。

グリセリンがないのが問題だな。石鹸を作って廃液から精製する手もあるらしいけど、必需品の苛性ソーダがないし。まぁ石鹸自体はアルカリと油の混合だから、木灰や消石灰を使えば出来るんだけど……。或いはオリーブ油加水分解物でも出来るらしいが、オリーブオイル自体がない。まあ蜂蜜でも良いようなのでそれで我慢。

その為に最近は某番組のアイデアから養蜂も始めてみましたけど、結構大変なのが判りました。

巣箱を何十個も作って蜂が入ったのが数個とかだったし、まあ少しずつ増やしていけばいいやと考えている訳です。

木クレオソート４、アセンヤク２、オウバク３、カンゾウ１．５、陳皮３の割合で、それにケイヒ、蜂蜜にデンプンを少々入れて混ぜると、独特の黒いあの臭いが出来ると。まさかこの時代にこれが出来るとは思わなかった。そして半年一寸(ちょっと)で出来るとは、流石だラッパのマークの止瀉(ししゃ)薬。

取りあえず、人体実験は腹痛の孤児とかでやってみた結果、確かにあの薬でした。これを量産して軍用及び庶民の常備薬として配給する計画です。更に外国へも売りまくりますよ。取りあえず、原料が自給出来るまでは秘密にしますけどね。

なんと言っても家の領地は小田原の外港たる国府津の真横にあるので、東海道の改修もし始めています。一里塚作ってみたら六個ほど出来ました。本来ならば小田原城大手門から国府津まで江戸以降の距離だと約６㎞だから一里半ぐらいしかないので一個しか出来ないのだが、戦国時代は一里が六町６００ｍほどなので、起点と終点を除いた六か所に塚を築いた訳だ。その他に日差しとか風を防ぐ為に松並木を作るように黒松を植えてますよ。

本当なら、ローマのように石造りの街道とか、コンクリート舗装とかしたいんだけど、未だコンクリートを作るだけの準備が終わってない。いずれは九州三池で露天掘り出来る石炭を博多商人に掘らせて持ってこさせるつもり。それに計画中の玉川用水が出来れば、石灰石も江戸湊経由で持ってこられるから、何処(どこ)か適当な場所にセメント工場を建てねばならないな。セメントなら、ローマ帝国でも作っていたからなんとかなる。

酒匂川の霞堤は、城下の下板橋の石工青木家の協力で石積み開始。資金は金銭出納の御蔵奉行安藤良整殿から出して貰って建設工事中で再来年には完成予定。一応実験なので範囲は、刑部の所領桑原郷から成田郷を抜けて、飯泉郷、鴨宮郷、酒勾郷という感じで一里半ぐらい（約６㎞）、同時に小田原方にも半里ぐらい（約２㎞）が築かれる事になっている。

更に銭座に関しては、職人奉行須藤盛永殿が職人を集めてきた。なんと言っても鋳物師が必要だからと、鍋釜を鋳造していた山田家から職人を出させたらしい。まあ良いけど、鋳物＝鍋釜じゃないんだけどな。それから試鋳を開始したが、最初は酷い状態で、何度か俺が指導とかして、やっと半年ほどで完全な永楽通寶が完成。直径は標準的な一文銭の大きさ（24ミリ）、重さ一匁（3．75グラム）で、ほぼ五円玉と同じ。品位は銅90％、錫10％という高品質ですよ。

発行後、小田原城下に作った公営両替所で鐚銭と交換開始したら、皆が並ぶ並ぶ、あっという間に北條領内に通用し始めたそうです。その銭座からも運上金が入るんですが、半分は孤児院運営資金に廻してますよ。残りは領内の新規産物や動物の飼育代へ行ってます。

それで、捨て子、孤児、間引く予定の赤子などを引き取る組織も寺社に託けて、幻庵爺さんと風魔小太郎が組織を立ち上げました。女児は、箱根権現の元宮の巫女として育てるように見せて実は風魔谷での忍び修行も有るという次第。男児の素質の有る子は忍びの修行をさせるそうだ。

他の男児は、箱根山中の仙石原で戦闘訓練と知識吸収させてますけど、幼い内は皆、石垣山に作った孤児院で生活させ、時々小田原まで出てきてます。何故石垣山にしたかというと、豊臣秀吉に対する嫌がらせですよ。孤児院を壊して城建てたって事になれば、後世に人でなしってなるじゃないか。

てかこの時代は石垣山じゃなくて笠懸山って名前なんだよな。この前なんか間違えて石垣山って言ったら、『それ何処ですか？　石橋山の間違いですか？』って言われたものな。いや思い込みって怖いわ。

まあ石垣山でも笠懸山でも小田原征伐が起こらないようにすれば良いんだけど、予想とは何時も最悪を考えておかないと駄目だからね。楽観論では大日本帝国陸海軍のようになりかねん。小物時代の豊臣秀吉を殺れば良いんだろうが、殺れるか判らないから、そんな博打に期待は出来ないだろ。

真珠の養殖は中々出来ませんよ。これ自体或る海賊を釣る為の餌みたいなもんだし。『英虞湾で半真珠を作れば儲かりますよ』っていう勧誘文句かな。

金山も万事ＯＫだし、後奈良天皇の崩御が史実なら弘治三（１５５７）年九月だから、あと二年。それまでには資金の調達も終わるから、京都へ行ってスカウトする人材のリストアップを始めよう。彼処の刀鍛冶と、落ちぶれた元城主と、暴れん坊も欲しいが、追い出されるのが永禄十（１５６７）年だから十二年も後か。怪我も完治したし繋ぎだけでもしておくか。しかしこの二年は忙しくなるぞ。

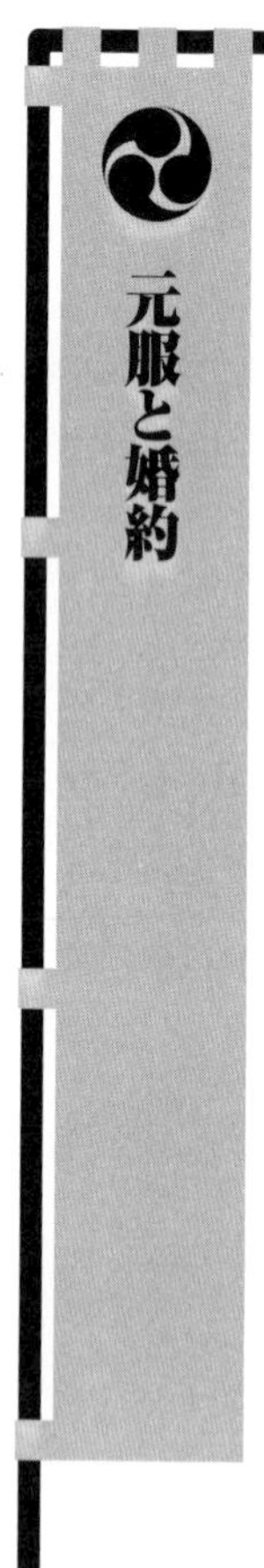

元服と婚約

弘治二（1556）年一月一日
■相模国西郡小田原城

小田原城では今年も新年の宴が始まっていたが、多くの家臣がソワソワしていた。何故なら他国衆三田家の四男余四郎の元服と当主氏康三女妙姫の婚姻が発表されるからだ。本来ならば宿老以外には秘密であったものが、松田親子のせいで家臣団にばれてしまった為に、幻庵老などは苦虫を噛み潰したような顔をしていた。

氏康と氏政の新年の挨拶と家臣団の返礼が済むと、氏康自身が重々しく告げた。

「皆、来る一月十五日に三島大社にて藤菊丸と三田余四郎の元服を執り行う。元服後に余四郎には妙を嫁がせる」

その言葉に、多くの家臣が目出度いと言う中、松田一門や松田の被官達の殆どが眉を顰めた。しかし肝心の松田憲秀の姿が見えないので、多くの家臣は不思議がりながら、ヒソヒソと噂話をし始めていた。

曰く、松田憲秀は妙姫の婿を狙っていたが、断られたので抗議で来ない。曰く重い病気だ。曰くふて寝。どれも違い実際には、大晦日から下痢が止まらないので厠から出られない状態になっていた。

■相模国西郡小田原城　三田余四郎
弘治二(1556)年一月二日

去年の十月過ぎに改元があって弘治になりました。いやー、遂に発表されました。これで完全に北條家からは逃げられません。とは言っても太田康資(氏康養女)、足利晴氏(氏綱娘)、武田勝頼(氏康娘)、正木頼忠(氏堯娘)は、婿でも裏切ってます。けどそんな事をしたら確実な死亡フラグ満載なので、怖くて裏切りなんか出来ませんよ。

しかしこの発表で確実に実家にも知られますね。実家では騒ぎになる事間違いないですね。刑部の考えで内緒にしていた為に初めて聞いた、金次郎達も目を白黒させるでしょう。しかし元服か。内示はあったので取りあえず、氏康殿と幻庵爺さんから偏諱を貰う事になっています。

それにしても、松田の馬鹿(憲秀)が下痢で動けないとは。氏康殿か幻庵爺さんか、小太郎辺りが何か盛ったかな?　こっちはヒマシ油天ぷらの効能を教えただけですから。知りませんよ、手は下してませんから。それに死なない程度の下痢ですからね。

そんなこんなで婚約発表されると、いきなり時の人状態。宴の最中にも俺の所に来るわ来るわ、色んな方々が挨拶に来ますよ。酔っぱらった大道寺のオッさんが孫の孫九郎(政繁)を連れて最初に来ました。オッさん豪快に笑いながら、『小童、精通は終わったか？』『初夜はガックと性交せんぞ』とかの、恥ずかしい話や親父ギャグを大声で言うから、恥ずかしいですよー。それでいて孫自慢じゃなく孫弄り。

『孫九郎は十二になるまで寝小便が』『河越では儂や息子に隠れて御陣女郎の元へ行こうとして、ばれて捕まった』とか言うので、孫九郎と二人で強い焼酎を飲ませて潰しました。

孫九郎曰く『爺!!　永遠に寝てろー!!』だった。

その後、色んな方々と挨拶三昧。この頃は越後の虎や坂東太郎が未だ来ない頃だから小競り合いはあるけど、平和で結構人が来てる。夕方までかかってやっと終わりましたけど、いやはや疲れる宴でした。

それで屋敷に帰れば、話を聞いた金次郎を筆頭に『おめでとうございます』の嵐だが、何故黙っていたのかの抗議も多数。『仕方ないだろう、機密なんだから』と言えば、金次郎なんかは『それほど、私が信用出来ませんか』って涙ながらに訴えてくるし。仕方ないから、刑部の親父殿が仕込んだってばらしたら、刑部に文句を言いに行って、コテンパンに論破されていた。

それで翌日は、北條一門にご挨拶。氏康殿一家、氏堯殿一家、幻庵爺さん一家、綱成殿一家が勢揃い。だけど数人は任地にいるので来られないと。このとき史実では後の上杉景虎になる西堂丸三才にご対面、流石は東国一の美丈夫と言われたのが判るほどの綺麗さです。これなら謙信や信玄なら気に入りそうなの判るわ。史実通りに上杉に人質兼養子として行くのかはこれからの戦略次第だ。

それと氏堯殿一家を紹介されましたが、男子二名女子一名の子持ちでした。上から天文十五年生まれの六郎（氏忠）十一歳、天文二十年生まれの竹王丸（氏光）六歳、天文二十四年生まれで正木頼忠室になる篠姫二歳です。

よく言われていたのは、氏忠、氏光は氏康殿の子供であるっていう話だったが、実際は氏堯殿の子供で、氏堯殿が永禄五（１５６２）年頃に死去した為に、氏康殿の養子になったのが真相らしい。これで長年の疑問が氷解した。

幻庵爺さんの嫡男の三郎時長殿は大酒飲みで今日も大酒飲んでるけど、幻庵爺さん、氏康殿、氏堯殿達に〝大酒はほどほどにしろ〟って怒られてる。まあ確かに大酒で死んだ武将も結構いるし、正月の宴会で酔っぱらって城落とされた小田氏治とかもいるから忠告は判るんだが。時長殿は酒が好きだから、はたしてまともに話を聞くかどうかは判らないぞ。しかも最近になって小机城主に就任したんだが、下手すれば城中の水瓶が全部酒樽になっていたりして。

それはそうと、氏康殿次女麻姫も北條康成（氏繁）の後室として去年輿入れして今日は北條綱成一家側にいますので、姫で一番前は妙姫なんですよね。挨拶しても凄くぎごちない感じで、顔を赤らめながらチラチラこっちを見てくるし、氏康殿も見てくるし。

けど、氏康殿、俺が貴方の娘を誑かしたんじゃなく、あんた等が俺を嵌めたんだろうが！　とか言えたら最高なんだろうが、ＴＰＯを知ってますから、そんな真似は致しません。絶対にね。

弘治二（１５５６）年一月二日

■相模国西郡　小田原城下　松田屋敷

小田原城では正月の宴が行われている中、城下の松田屋敷では松田憲秀が大晦日以来の下痢に悩まされていた。

「ふう、やっと収まった」

「若、大丈夫でございますか」

近習が心配顔で尋ねる。

「なんとかな。流石に喉が乾いた、白湯を持て」

やっと落ち着いた憲秀が近習に白湯を所望する。

「はっ」

暫くすると近習が白湯を持参した。

「白湯にございます」

受け取りゆっくり飲み始めるが、暫くするとまた腹痛がぶり返してくる。

「ぐわー!!　また腹が!!」

「若、大丈夫でございますか」

「大丈夫な訳があるか!!　うっ！　紙ー!!」

尻を押さえながら慌てて厠へまた飛び込んでいく。

「うを――――!!」

この悲鳴は正月二日の夜間まで延々と続いた。

弘治二（1556）年一月十五日
■伊豆国　三嶋大社　三田余四郎

いよいよ元服です、氏康殿始め北條一門のお歴々方が集まってます。良いのか、小田原城は空っぽ状態。今、武田晴信が攻めてきたら小田原城が簡単に落ちるぞ。それとも忍者集団の奇襲で一族全滅とか、武田晴信なら普通にやりそうで怖い。

しかし北條家の氏神様の神前元服式なんて、北條家の世継ぎとかじゃなきゃ出来ないんじゃないのか？　まあ今回は藤菊丸の元服と一緒に開催というから、それで俺もついでに元服ってパターンだ。それじゃなきゃこんなに北條一門が集まらないって。

元服自体は、まあ腹を決めているから、最早じたばたしないけど、これを忘れてた!!　嫌じゃー!!　大人の服に改め、子供の髪型を改めて大人の髪に結って、烏帽子親により烏帽子をつけるのは知っていた。それまでの幼名を廃して諱を新たに付け、烏帽子親の偏諱を受けるのも知っていた。しかし厚化粧、引眉にお歯黒を付けるのは知らなかったぞー!!

麻呂じゃないんだよー!!　平家系の武将はそうするんだって、今言われたって知らないよー。兄貴達は物心ついた頃には既に元服してたし、氏時殿や氏政のときには参加してない！　これじゃテレビの馬鹿殿様状態じゃ!!　けど、抗議も虚しく結局は厚化粧されて引眉にお歯黒までして元服です。

あーたらこーたら神主が言ってるが、よく判らない状態じゃー!!

先に藤菊丸に対して、幻庵爺さんが烏帽子を持って頭に載せます。

それで、名前を付けたんだが。

「藤菊丸、お主の名前は、北条平三郎氏照を名乗るがよい」

「ありがたき幸せ。謹んでお受け致します」

えっ、史実と違う。源三氏照だった名前が、平三郎氏照って何故だ？

三郎は幻庵爺さん家の当主に付く名前だけどそれとは違うし……。あー!!　時期だ。未だ早いんだ。本来の元服が大石家の養子に入った時点で行われたのに、俺とダブルでやったから、未だ養子じゃないんだ。だから大石家の源じゃなく平が付いたんだ。

そうこう考えているうちに俺の番が来て、氏康殿が烏帽子を持って頭に載せてくれます。

これで元服という訳でして、そして名前を付けて貰います。

「三田余四郎、お主に儂の名を与える。三田長四郎康秀を名乗るがよい」

「ありがたき幸せ。謹んでお受け致します」

んで、幻庵爺さんと、氏康殿の偏諱を受けて、幻庵爺さんの俗名長綱から長、氏康殿から康、それぞれ貰って余四郎改め、長四郎康秀になった訳だ。駿河大納言の遺児か、どっかの梨みたいな名前だが、未だこれでも良い方だ。最初は幻庵爺さんの幻を入れて幻四郎とするかって言われたんだが、なんか時代劇で変な剣法を使いそうな名前だから全力で拒否、その結果今の名前に決定。秀は親父綱秀から取った訳です。

最初は余四郎で良いんじゃって話だったが、幼名のままだとあまり良くないって事で、余を捨てる事になったが、世は捨てない状態という。そうか、幻庵爺さん嫌に笑ってると思ったが、トンチで決めやがった。食えない爺さんだ。まあ良い爺さんだけどね。

爺さんと言えば、諜報部門の長だが、最近は風魔も新規に歩き巫女の教育という仕事をしている為に、今までは殆ど禄も与えていなかったのを、正式に禄を与え始めました。そしたら彼方此方で乱暴狼藉や略奪する事が減ってきたようで、氏康殿も、その事が判ったみたいで良い事です。それでか、風魔小太郎が、最近やけに幻庵爺さんの所へ来ていたが、その辺の話だったのか。

風魔を優遇する事は、武田晴信君が大好きな孫子でも言ってるように、〝敵を知り、己を知れば、百戦危うからず〟って言うからと。それを実践する為の諜報部門に金かけないでどうする。正面装備だけで戦争出来る訳がない！

そんな感じで、以前幻庵爺さんに風魔の待遇改善の話もしたんだが、それが花開いた訳だ。俺も少しだが銭座の上がりの半分を孤児院に寄付しているが、その予算も其処で教員している風魔の待遇改善にも、なってるんだってさ。

そう言えば、一週間前に聞いたが、正月におきた松田憲秀の下痢は小太郎が仕込んだとの事。小太郎がいきなり現れて『フッフッフ』と笑いながら『新たな仕事用武器の実験材料として丁度良かったですぞ』って、おい小太郎、幾らあんな奴でも宿老の後継ぎを実験材料にするなよ。まあ、ヒマシ油は二十世紀でも下剤として使っていたから、効くんだけどなー。何か風魔の敵が可哀想になってきた。

小太郎に何故やったって聞いたら、あまりに憲秀の最近の態度が悪かったので、氏康殿も頭を抱えていたようで、それならと、俺が開発したヒマシ油を使ってみようって幻庵爺さんと共に氏康殿の許可受けて仕込んだらしい。それも最近俺のせいで始まった年越し蕎麦の海老天を、ヒマシ油で揚げたんだと。

海老天とはどうしてと聞いたら、小太郎が言いやがった。以前余四郎様が仰っていたではありませんかと。『憲秀の野郎！　あまりしつこいと、ヒマシ油で作った天ぷら喰わすぞ!!』口まねで言いやがった。聞かれてたんだあれ。怖い、怖いよ風魔、絶対に敵には回したくないです。

そして松田側には完全にばれないようにしたそうで。それに松田家は風魔を馬鹿にしているそうだから、風魔がどんな物を使っているかも知らないので、家中不和にはならないらしいが。ただヒマシ油の効果が知れたら『制作した俺が疑われかねない』と言うと小太郎がスゲー楽しそうに、『フッフッフ』と笑いながら『余四郎様の身は風魔がお守りしますぞ』と言って消えやがった!!

本当に守る気有るのかと、そのときは思ったが、実際に風魔の腕利きがチラホラ俺に見えるように動いているので本気度が判る。俺も多少なりとも幻庵爺さんに鍛え抜かれたんで、守られるだけじゃないけどね。これから小太郎に頼んで上方のスカウト予定者の居場所を探らせようかな。

弘治二（1556）年一月五日
■武蔵国（むさしのくに）多西郡勝沼城（かつぬまじょう）

勝沼城では、人質に出した余四郎が北條氏康が烏帽子親になり更に氏康の三女を娶る事で北條一門に連なる事が伝わり、大騒ぎになっていた。

「大殿、殿、余四郎様の事、おめでとうございます」

宿老を代表して三田三河守綱房(みかわのかみつなふさ)と谷合阿波守久信(たにあいあわのかみひさのぶ)、両名が挨拶する。

「うむ、余四郎も氏康様に気に入られたようで重畳だ」

「本当に、これで三田家も安泰となろう」

「「ははー」」

全体的に多くの家臣はこの婚姻に喜んでいるが、次男喜蔵綱行(きぞうつなゆき)と三男五郎太郎(ごろうたろう)は内心では、非常に憤っていた。

宴の後で何時(いつ)ものように、二人で飲みながら悪口を言っていた。

「氏康も存外人を見る目がないわ」

「全くだ、本来なら俺こそ人質に行って北條一門に連なるはずであったものを」

「確かにそうだな、最初は五郎太郎という事で親父達は話していたからな」

「くっそう、余四郎の奴め！」

「こうなると、北條が兄貴の後釜に余四郎を送ってくる可能性があるぞ」

「確かにそうだな、血筋を入れようとしてくるか」

「そうはいくか！」

「おう！」

二人が愚痴を言っていると、塚田又八が現れた。

「喜蔵様、塚田又八でございます」

「おお、又八か、何用じゃ？」

「はっ、新たな酒と肴を用意して参りました」

「おお、気が効くの」

「儂も又八が欲しかったのだが、兄者に取られたからな」

「俺自慢の宿老だ」

「勿体ないお言葉です」

喜蔵の言葉に恐縮した風に見せるが、相変わらず目は笑っていない。

「そうじゃ、又八、今回の余四郎の件どう思う？」

「私の浅い考えですが、氏康殿は三田家の乗っ取りを企んでいるのでは」

「やはりそう思うか」

「又八、何故そう思う？」

「はい、態々四男を婿として取り立てる、それ自体あり得ません。弾正様は既に奥方がおりますから対象になりませんが、家同士の繋がりを考えれば、喜蔵様か五郎太郎様に嫁がせるのが普通でございましょう」

「そうよ、それよ」

「やはりか」

「家を乗っ取られるぐらいなら、越後におられる管領様に繋ぎを入れておくのも良いかも知れんな」

「喜蔵様、誠に良きお考えかと」

「よし、又八。お主にこの事を任せる」

「はっ」

部屋を出た又八が薄ら笑いをしていた事など、二人は全く気づく事がなかった。

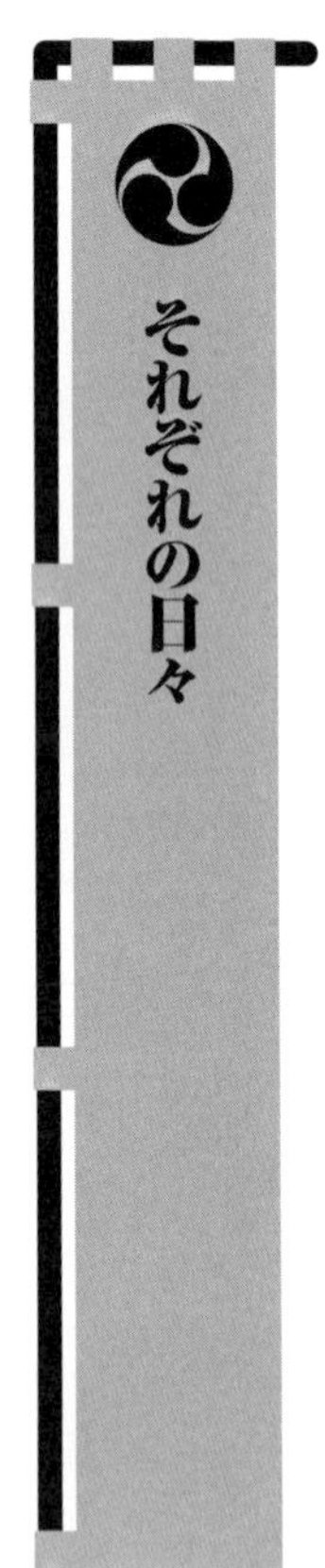

それぞれの日々

弘治二（１５５６）年三月二日
■相模国西郡　小田原城下　三田長四郎康秀屋敷

小田原城下の三田長四郎康秀屋敷の裏庭で、長四郎と平三郎達が集まり、何かを始めていた。

「長四郎、今日は何かと思えば、また変な物を作ったな」

「平三郎（北条氏照）、あのな、これは画期的な物だぞ」

長四郎はそう言いながら道具を持ち出してきた。

「これはなんだ？」

「畚に変わる運搬道具だよ」

長四郎が持ってきたのは、大人が一抱えするぐらいの上の開いた箱に二本の持ち手が付き、更に箱の先端部分に一輪の車輪が付いた物である。現代で言うなら、工事現場でよく見る一輪車、通称猫車であった。

「なんだこれ？　車輪があって箱か、んで取っ手」

「そう、これは一輪車だ」

「確かに車輪があるけど、こんなのが、畚の代わりになるのかい？」

「これの原型は、三国時代、蜀の諸葛亮が開発した〝木牛流馬〟という物だよ。それを俺なりに改良してみたんだ。この箱に物を入れて、こうして取っ手を両手でそれぞれ持って、進むんだ」

そう言いながら、長四郎は土砂を入れた一輪車を押し歩く。

「おっ、凄いな、畚なら二人で運ぶような量を一人で運べるのか」

「そう言う事、まあ欠点もあるけど」

「なんだい？」

「畚なら通る事の出来る、あまりに酷い凸凹や階段とかを上がれない事かな」

「成るほど。けど作事とか田畑、道とかなら十分使えるんじゃないか？」

「そうなるね」

平三郎は頻りに感心している。

「しかし、千年以上も前に、こんな物を発明した諸葛亮はやはり凄かったんだな」

「そうそう」

「てことは、その後ろに有る荷車も何かあるのか？」

長四郎の後ろに有る二輪車を目聡く見つけた平三郎が質問する。

「よくぞ聞いてくれました。これは今までの荷車の欠点を改良した物だよ」

「ほうほう、どう改良を？」

「今までの荷車は、車輪の心棒が繋がっていたから、曲がるときに凄く力がいった。更に荷台の下を心棒が通っている関係で荷台が非常に高い位置に有って、荷物の積み卸しや、荷物を積んだときに重心が上になってフラフラしたりしていた。更に荷台部分が平坦なので、荷物の積載量が限られている」

「まあ、確かに小荷駄とかは大変な苦労しているよな」

「其処(そこ)で、本来なら心棒は型枠の下を通っているけど、それを切断し型枠の上に心棒を切断し、抜けないように鉄の箍で押さえて左右の車輪が荷台の上に来るようにしたんだ。それに荷台に囲いを着けた。これにより、曲がるときは曲がりやすくなり、重心も低くなり、荷物も多く詰めるようになる」

「ほー、これもまた、使えそうだな。けど欠点が有るんだろう？」

「まあね。荷車共通の欠点として、振動が凄い。それに重心が低いから泥濘地とかだと腹がつかえる」

「成るほど。けど一輪車と同じで、使い道さえ間違えなければ、良いんじゃないか」

「流石(さすが)平三郎、そう言ってくれると思ってた」

「現金な奴だな、で名前は？」

「一輪は、木牛流馬そのままだと変だから、猫車でどうだ？」

「なぜ、猫？」

「猫のように狭い所まで入り込めるから」

「成るほどね、それで良いかもな」

「で、二輪は里矢加とかはどうだ？」

「意味は？」

「一里を矢のように加速する」

「また、こじつけか。けど良いんじゃないか」

「んじゃあ、早速幻庵爺さんに見せようぜ」

「そうだな」

その後、長四郎と平三郎は、久野屋敷にいた幻庵を呼んで、開発した二点を見せ、幻庵も使用した後、幻庵から氏康に試作品が見せられた。その後、小荷駄衆や作事衆で試験的に使われた結果、使いやすいと高評価を得た事で翌年から北條家で正式採用が決定した。後には民間にも販売される事になり、小田原は元より関東の北條領全域へと広がっていくのである。

弘治二（１５５６）年三月三日
■相模国西郡小田原城　武田梅姫

天文二十三（１５５４）年に甲斐から嫁いで二年目が過ぎたけど、氏政様はお優しい。去年の十一月八日に折角出来た赤子を亡くしてしまった私を、責めるどころか凄く優しく労って頂きました。最初は氏政様のお兄様氏時様と婚姻するはずが、氏時様がお亡くなりになり、急遽氏政様との婚姻に変わったとき、いきなりで氏政様は嫌なお顔をなさるのではないかと心配しましたが、杞憂で済んで幸いです。

氏政様は、人からは尊大だとか言われていますけど、私には良い旦那様ですが、家臣との間で上手く行かない方もいらっしゃるようです。そのような家臣は父上なら粛正しますのに、お優しさが滲み出ています。私には氏政様が無理をなさっているようにしか見えないのですが、本当はどうなのでしょうか？

一緒に来た乳母の姉小路（あねこうじ）は、殊更氏政様のうつけぶりや尊大さに眉を顰めています。元々姉小路は、御母上と共に都から下向してきたので、甲斐の皆を田舎（いなか）者と言ってましたが、小田原へ来ても、北條の方々に対しても『田舎臭く雅さがない』と言ってますけど、呵ろうにも私ではやり込められてしまいます。

氏政様もお優しいですが、義父上や義母上や皆も大変お優しく嬉しい事です。小田原へ来て驚いた事は、古府中と比べて町が綺麗で人の多い事です。海も生まれて初めて見ました。それはそれは、遙か先まで水が満々と蓄えられているのです。一体、富士の湖の何個分になるのでしょうか？

食事も唯々驚くばかりです。古府中では見た事もない、魚や貝類が食膳に並びます。昨日などは、鮑、鯛、イナダなどが並びましたが、全て生け簀という物で、保管されて直ぐに、専用のお船で生きたまま運ばれてくるので、新鮮な状態で非常に美味です。

御母上が、小田原での生活を散々心配なさいましたが、古府中より遙かに暖かく過ごしやすいです。それに田舎田舎と仰（おっしゃ）いましたが、湊には沢山のお船が彼方此方（こちら）からやって来ては、古府中では見た事もない大変珍しい物を沢山持ってきます。

先だっても、お城に献上された、唐渡りの見事な青磁の茶器や南蛮渡来の透明な美しい器などを見せて頂きましたが、とても都などでも中々お目にかかれない品だとの事です。やはり甲斐と違い海が有る事は素晴らしい事なのでしょう。

今夜も、お優しい氏政様と閨を共に致しますが、今度こそ丈夫なやや子を授かりたいです。

弘治二（1556）年三月三日

■相模国西郡小田原城　北條妙姫（たえひめ）

お父様から、余四郎（よしろう）様、あっもう長四郎様でした。婚姻を命じられてから、三月が経ちました。私も既に十二になり初潮も来ており、何時（いつ）でも嫁ぐ準備も整っております。

最近、氏堯（うじたか）叔父様から聞いたお話では、最初私は下総千葉家の御曹司に嫁ぐ話が有ったそうですが、長四郎様が当家に人質として来た際に、幻庵大叔父様が長四郎様の才気を見つけ、父上達とのお話し合いで、私との婚姻を密かに決めていたそうです。

今に思えば、最初にお会いしたとき、氏政兄上が言っていたように、人質に一族全員で会う自体おかしいと言えましたが、やはりあの時点で既に私との婚姻が決まっていたのでしょう。あのときの事を思い出すと、頬が赤くなってしまいますが、麻姉様の言った言葉が的を射ていたのですね。

七夕の際には長四郎様のお陰で怪我もせずに済みましたが、長四郎様が大怪我をなされてしまい、どうして良いのか判らなくなり、このままでは長四郎様がいなくなってしまうと心が裂けるような痛みを覚えたのですが、あれが恋というものだったのでしょうね。

私も、武家の娘として、親の命じた顔も知らない相手との婚姻を覚悟してきましたが、長四郎様に嫁げるとは望外の幸せです。長四郎様は、色々なお菓子や食べ物の研究開発に尽力してます。それの殆どが初めて聞いたり見たりする物で、驚きの連続です。

今、小田原では酢飯に魚の切り身を載せた、寿司なる物が流行っていますが、それも長四郎様がお作りになった物です。私も食べましたが、酢飯がほど良い甘さでお魚が美味しく頂けます。その他にお味噌の溜(たま)りを改良して醤油という物をお作りになっています。最近、城下で流行している餡蜜や天麩羅、蕎麦なども、長四郎様のお考えになられた物ですが、一族以外には内緒にするようにと父上達からも命じられています。梅姉様にも絶対に秘密だとの事、その辺も武家の娘として判ります。長四郎様の特異性はこの私でもよく判りますが、些(いささ)かご本人がその事をあまり意識していらっしゃらないようです。

その為に、私が早く長四郎様に嫁ぎ、確(しっか)りと長四郎様を御護り出来るようにしなければなりませんね。父上は元より大叔父上や叔父上が、長四郎様を大変買っている以上は、綱成(つなしげ)殿に嫁いだ光叔母様や康成殿に嫁いだ麻姉様と同じように、北條家を盛り立てる為に、長四郎様も盛り立てましょう。

長四郎様が当家に来ずに、最初のお話のまま千葉なんかの遠い所へ嫁がされていたら、どれだけ不安だったでしょうか。しかも千葉家は内紛気味との事ですから、益々不安になりますね。綾姉様も遠い駿河へ嫁ぎましたが、お婆様がいらっしゃるし、竹千代丸もいますから、そんなに不安ではないでしょう。

本当に長四郎様のお陰です。早く嫁いで閨を共にしたいものです。

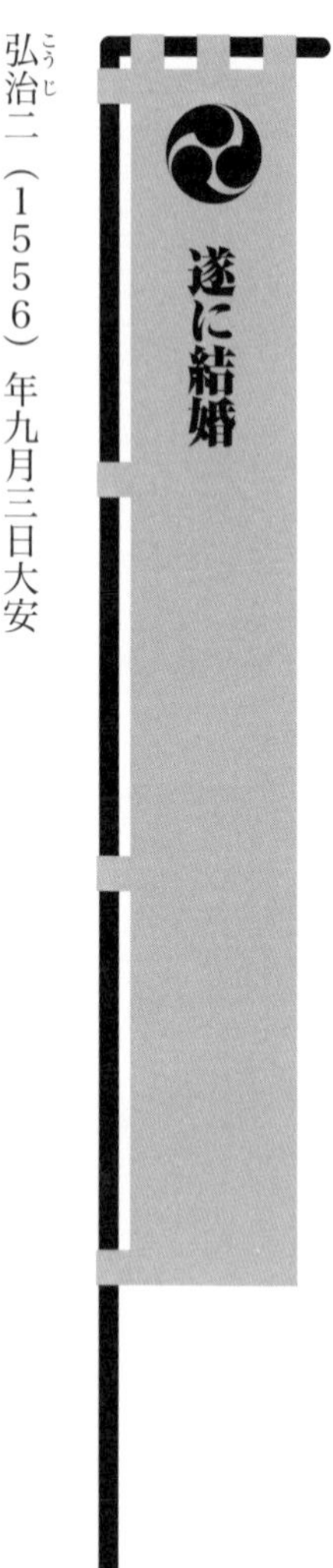

遂に結婚

弘治（こうじ）二（1556）年九月三日大安
■相模（さがみ）国西郡小田原城　三田長四郎康秀（みたちょうしろうやすひで）

遂にこの日が来てしまいました。そうです、今日が妙姫（たえひめ）との婚姻の日なのです。本来ならもう少し早い時期、弘治二（1556）年五月一日大安の予定だったんですが、下総結城城主結城政勝（ゆうきまさかつ）殿が常陸小田城主小田氏治と戦うにあたって共闘を持ちかけてきたので、北條家としても常陸への進出の機会を狙っていた為、小田家と緊張関係に有った結城家に味方して戦闘になったのです。

元々小田家と北條（ほうじょう）家は、堀越公方足利政知（あしかがまさとも）殿の子供で小田家に養子に行った政治（まさはる）殿の時代には昵懇で川越夜戦時に援軍を送って貰ったほどの間柄なのですけど、息子氏治（うじはる）に代替わりした所音信が途絶てしまったという状態でした。

戦闘は、江戸衆から遠山綱景や岩付城主太田資正ら二千騎が参加。その他に鹿沼、壬生城主壬生義雄、唐沢山城主佐野豊綱、茂呂因幡守らも参陣し、四月五日に海老ヶ島で合戦して大勝利を得た訳です。小田氏治が気の毒なのは、同盟を結んだはずの佐竹義昭が援軍を送ってこなかったという涙目状態。逆に氏康殿は古河公方足利梅千代王丸様の威光を利用し放題で援軍を貰いまくりですから。

流石関東では腐っても公方ですよ。でも、北條軍の援軍が帰ったら、結城政勝殿は奪った領土を小田氏治にアッサリ奪還されて情けないったらありゃしない。で、その後の小競り合いなどで、伸びたという訳です。しかし、このときは未だ太田資正後の三楽斎が北條の家臣だったんだよな。なんとか逃がさずにいけないものだろうか。あの反骨心じゃ無理かな?

さて小田原城では多くの家臣達が集まってきてますけど、完全に俺の為じゃなく氏康殿と妙姫の為に集まっているんですよ。判っているんですよ。本来ならあり得ない歴史だし。それに普通自分の城とか、屋敷で行う所が、何故か小田原城の大広間で行うんですから。つまりは氏政とかと同じ扱いです。胃が痛くなりそうだ。

唯一安心出来たのは、親父と綱重兄上が駆けつけてくれたという事です。実に六年ぶりか。まあ城の事も有るので、喜蔵兄上と三男五郎太郎兄上はお留守番だそうだから、会えないのが残念だ。

「おお、余四郎、大きくなったな」

「父上、既に長四郎ですぞ」

「ああ、そうであったな」

やっぱり父上は年取ったよな、考えてみれば幻庵爺さんの二才上だし。

「長四郎、久しぶりだ、元気そうで何よりだ」

「はい、父上も兄上もお元気そうで何よりでございます」

「立派になったな」

「色々揉まれておりますので」

「確かにそうだな、勝沼でも話を聞くからな」

兄上、ニヤニヤと含み笑いで一体何を聞いているんだ？

「何をですか？」

「お前の、昔やっていた事を考えれば、納得出来る事ばかりだろう」

「どの辺がですか？」

「フ、これでもお前より十九も上だぞ、北條家国内で爆発的に面白い物が増えていく事ぐらい判るさ。大体お前の考えた物が相当有るだろう？」

すげー、兄上よく判ってら。

「そうですか」

「まあ、あまり目立ちすぎると、良くない事は判っている。だからこそお前の名前が出ないんだろう」

凄いよ、兄上、ここまで覚醒しているとは。これでなんで情勢を誤って滅んだんだか不思議だ。

「まあ、色々有りますから」

「判っている。判っているのは、俺と親父ぐらいか。宿老（しゅくろう）の連中は頭が固くて、そういう物自体に拒絶感が有るからな」

「酒匂川（さかわ）の堤とか、円匙（えんし）とかなんかは、そうだろう」

「そうですけど」

「くどいようだが、お前の名前が出ない点は、よく判るし、それを俺達も吹聴する事もせんさ」

「そうだとも、当家は今微妙な状態だからな」

父上と兄上が困った顔をしている。

「父上、何がありましたか？」

「家中で、お前を婚姻させたのは、十五郎の後釜に座らせるのではないかという、噂が流れたのでな」

あー、以前に葛山家、未だ少し後だけど、大石家、藤田家、太田家、佐野家、千葉家とか養子とかを婚姻で乗っ取ってるから、確かに宿老の危惧は判るわ。

「成るほど、しかし今回に限ってはそれはないと思いますよ。やるなら笛の婿に誰かを入れてくるはずですから」

「確かにそうなんだが、家の立ち位置がな」

兄上が眉を顰めて呟いた。

「まあ、確かに三田谷の森林は豊富ですし、鎌倉ではうちは山家の大旦那とか呼ばれてますよね」

「そうだな、多摩川の材木流しなどの利権が大きいからな」

「成るほど、北條家は丹沢の森を直轄地にしていますから、その辺を危ぶんだのですね」

「その通りだな。その辺りは、先だって小田原へ来た際に長四郎を貰い受けたいと左京大夫様から直々に御挨拶を受けたときに、判物を受けているので、心配がないのだが」

「家臣達は、北條は信用おけないと」

「まあそうなるか」

「それに、年貢の問題もある」

兄上が苦い顔で話すけど、あれの事か。

「年貢と言いますと、段銭・懸銭・棟別銭ですか」

「そうよ、北條にならって当家でも今までの雑多な諸点役を廃止し、これらに統一したいのだが」

「成るほど、実行されれば中抜きが出来なくなり、実入りが減ると騒いでいると」

阿呆か。農民が逃げたら自分達も生活出来なくなるのに、その場の思いつきで増税するなんて、髭税とか変な税金作ったロシアのピョートル一世かよ！　全く何も考えてない連中だ。

「そう言う訳だ。百姓が飢えたら自分達にもしっぺ返しが来る事を判っていない」

「確かに、今の他国の状態は〝百姓は生かさぬように殺さぬように〟とか〝胡麻の油と百姓は絞れば絞るほど出るものなり〟とかですね」

兄上も父上もえらく感心してるけど、やば、これ未来の話だ。

「流石、長四郎は抜群な比喩を言うな」

「確かに、その通りだ」

「今の連中はその頭から抜けられんのだから」

そうなんだよな。戦国時代というと江戸時代より殺伐とした感覚で年貢とかも情け容赦なく奪い取って、断れば殺されるイメージ。強いて言えば、三国志演義とか項羽(こうう)と劉邦(りゅうほう)とかのイメージだったんだけど。実際北條家の領国だと、代官や国衆の中間搾取を禁止して、確り(しっか)とした税制しているし、北條も他家も、不作時や災害時には減税や免税を確りして、農村の疲弊を押さえている。江戸時代なら情け容赦のない年貢の徴収だったのが、まあ農民も武力を持っているという事も原因の一つだろうけど、それでも農民の生活確保が出来てるんだよな。

徳川なんかは、慶安御触書で〝酒や茶を買って飲まない事〟〝農民達は粟や稗などの雑穀などを食べ、米を多く食べすぎない事〟〝麻と木綿のほかは着てはいけない。帯や裏地にも使ってはならない〟とかでトコトン農民を搾取したからな。〝百姓は国の宝〟と言いながらのあの仕打ちは酷い。

それと同じような考えでは、何れ領内から欠け落ちして農民が他領に逃げ出す事が判りきっているんだけど、それが判らないほどの石頭か。

「そうですね、他領での優遇を聞けば百姓は土地を捨てて逃げますね」

「それよ、頭の痛い所だ」

「強行すれば、配下にそっぽを向かれますし、次代の教育をするしかないですね」

「いっそのこと、長四郎のように小田原で勉学させた方が良いかも知れないな」

「十五郎、左京大夫様にその辺をお頼みしてみよう」

「父上、兄上、それは良い事ですね」

「まあ、辛気くさい事はこの辺にして、お前もこれで一角の武将になる訳だ。そこで当家の家紋〝三つ巴〟と幕紋は将門公ゆかりの〝繋ぎ馬〟の使用を許可する」

おっ、これは結構マジで嬉しい。

「謹んでお受け致します」

「これで、戦場に三田一門の勇姿を見せてくれ」

「はっ」

とは言っても、武力的には一騎当千とかじゃないから、下手しなくても死ねますよ。


そんなこんなで、いよいよ式です。緊張だらけです。武家の婚姻なんか初めてだし、色々習ったけど凄く大変です。大体三日三晩宴をし続けるってどういう事よ？　武士の世界って不思議すぎるやい！

まあ妙姫は未だ十二才と幼いですけど、既に第二次性徴が始まっているらしく、胸も結構出てきます。白無垢に白粉塗って赤い頬紅に赤い口紅ですから、そそります。いやー良いですね。いや決してロリじゃないです、ロリじゃないです。大事な事なので二度言いました。

「長四郎、不束（ふつつか）な娘だが、宜しく頼むぞ」

氏康殿ご自身から、ご挨拶を受けてしまいました。一寸（ちょっと）こんな扱いないでしょう、回りの視線が痛いんですけど、特に松田辺りが。逆に氏政とかは随分落ち着いて見ているのが不気味です。後で何かあるんじゃないかって恐ろしいです。

「はっ、これからは姫を大事に致します」

うげげ、緊張して何言ってんだか、これじゃグタグタじゃないか。

「早くやや子を見せてくださいね」

これは義母様からのお優しいお言葉だけど、プレッシャーが。んで妙姫見ると凄く恥ずかしそうに俯いちゃうし。けど絶対乳母とかから性教育受けてるから、判ってるんだろうな。氏政夫妻は十六と十二だから未だマシだけど、妙姫は実年齢十一才ですよ、小学五年生にどうしろと言うのですか、義母様!!

「長四郎様、これから宜しくお願い致します」

「妙様、此方(こちら)こそ宜しくお願い致します」

「長四郎様、妙は幸せにございます」

うわー、キラキラした眼でにこやかに微笑まれて、もう我慢ならん! ロリでいいや!!

「妙様、私も嬉しく思います」

周りが、凄く喜ばしい状態だわ。

んで、初夜でやっちゃいました。いやー、初々しくて良いです。けど、未だ十一才の体ですから、未だ子供は危険ですからね。下品ですが、出来る限り外です。

「長四郎様、妙は、妙は幸せです」

「痛くなかったかい?」

「少しは。けれど長四郎様と一つになれて幸せです」

ぐわー!! 可愛すぎる。一生大事にするぞ!!

「妙、これから宜しくな」

「はい、長四郎様」

わー、超可愛い、もうメロメロだ。

そうだ京都へ行こう

弘治三年(1557)年一月五日
■相模国西郡小田原城　三田康秀

「さて、今日集まって貰ったのは外でもない。長四郎の案に従い準備をしてきたが、思ったほど早く進んでしまった為に、今後どうするかを評定したい」

「それで、兄者どうするんだ？　銀山の事も有るし」

何故か、新年早々小田原城へ集められました。参加者は氏康殿、氏堯殿、幻庵爺さん、氏政、平三郎(氏照)、綱重殿(幻庵次男)、更に小太郎という面々。言ってみれば房総方面で睨みをきかせている綱成殿以外の北條家首脳と諜報部門と謀略担当者が集まっている訳で、これだけ見たら、此奴ら何するんだっていうレベル。

それで氏堯殿の言っている銀山というのは昨年思い出してダウジングで見つけた事にした、上田銀山と白峯銀山の事で、現地へ飛んだ風魔が露頭を見つけてきたんですけど、場所が問題な訳でして。

「いくらなんでも尾瀬の先、しかも深山幽谷じゃ、掘るにもかなり労力がいるぞ」

「しかし、風魔の持ち帰った銀の品位は凄まじく良い物ですから、せめて露頭状態の物だけでも掘らないと些(いささ)か勿体ないかと」

「場所が問題よ、越後(えちご)と会津の国境とは」

「兄者、滅多に人が来ない所だから、尾瀬側から山越えで入ってもばれまい」

そうなんだよね、銀山の有る所が、越後と会津の境の只見川の川岸という事で、ただ場所が場所だけに人が来ないんですけどね。こちらからも、もの凄く行きづらい場所で、山越えの連続でやっと辿り着くと。

けど行くだけの価値は有るんだよな。江戸期の一時期でも最低でも銀が年間二百貫（750kg）以上、最盛期には千貫（3750kg）も出た訳で、更に副産物の鉛が一万九千貫（71250kg）という化け物じみた鉱山。掘りにくい事を考えても、鉛は年間最低でも十四トンほどは普通に出るはず。

そうすれば、標準的な鉄炮(てっぽう)玉用の鉛は六匁（22.5g）で、六十万発以上製造可能だから掘らない事はないか。ここはプッシュだ。

「人が入ってこないように、越後側と会津側の峠や山道を事故に見せかけて崩してしまいましょう」

「それしかないか」

「幸い、当家には長四郎の作った猫車や円匙、そして鶴嘴がある。それによって尾瀬側から峠道を開削し一気に採掘を行えば良いだろう」

「小太郎、風魔を配置し近づく者がないようにするのじゃ」

「はっ」

銀山談義はこれにて終了で、これから本題に入るらしい。

「さて、都への工作だが、幻庵老、どうなっている？」

氏康殿の言葉に幻庵爺さんが飄々と話し始める。

「うむ、都の伊勢貞孝(いせさだたか)からじゃが、公方は未だに朽木谷にいるそうじゃ」

「成るほど、折角(せっかく)氏政を幕府相伴衆にしたが、なんの役にも立たんな」

「今の公方は、逃げる事しか出来ない状態じゃ。公方本人は塚原卜伝(つかはらぼくでん)から奥義〝一の太刀〟を伝授されておるが、公方一人が剣豪でも幕府は立たんよ」

「塚原卜伝といえば、爺様が武者修行中の卜伝と会った事があるそうだな？」

「おお、親父殿からその話を聞いたものよ。『将来有望な若者であった』と、しみじみと話しておったな」

「それは、凄い事ですな。彦五郎殿（今川氏真(いまがわうじざね)）も師事されたのですから、私も師事して頂きたいものです」

「新九郎、それは無理よ、何処(どこ)にいるのか判らん御仁じゃからな」

「はぁ」

「さて、本題に戻る」

雑談ばかりで中々進まないな。しかし今川氏真が塚原卜伝の弟子なんだが、なんで精神的に育たなかったのやら？　それとも負けたから悪く書かれたのかな？

「兄者、公方の事はどうするんだ？」

「長四郎はどうしたら良いと思う？」

氏康殿、笑いながら俺に振るなよ。仕方ないから言うけどさ。自分で言ってくれよ。

「はい、言っては悪いですが、公方様も所詮は替えの効く御神輿でございますれば、取りあえず挨拶程度はしておけば良いかと。態々都で三好や六角の間に入って公方様の都への帰還を行っても当家が行おうとしている事には邪魔なだけでしょう」

ほら、みんな変な顔してるし。そりゃこの作戦を知っている氏康殿、氏堯殿、幻庵爺さん以外は驚くよ。

「そういう事だ。当家の行おうとしている事に下手に公方に嘴を挟まれる訳にはいかんのでな。今が好機と言えるからこそ、上洛する事にしたい」

「御本城様、御自ら上洛を行うのは危険すぎます」

「新三郎（綱重）、左京殿は行かんよ。行くのは左衛門佐（氏堯）殿じゃ」

「そういう事になるな」

「上洛するのは、正使に左衛門佐、副使に新九郎、公家衆や幕府衆との繋ぎに新三郎、それに今回の騒動を考えた長四郎もだ」

俺もですか!!　未だ半年の新婚なんですけど。確かに俺が行った方が色々良いんだろうけど、良いのか、婿とは言え完全な身内じゃないし、しかも氏政と一緒ってどんな虐めだ！　ここは全力で拒否だ！

「御本城様、御指名頂き恐悦至極に存じますが、自分は若輩者なれば、皆様にご迷惑をかけかねません」

どうだ、完璧な理由だろう。

「成るほど、長四郎の言う事も尤もじゃが、北條家の今後を賭けたのだ。今回の騒動を考えた以上は、お前が行かないでどうするんじゃ？」

幻庵爺さん、真面目に凄んできてマジびびるんですけど。

「そういう事だ、長四郎なら、大丈夫だろう。この俺が太鼓判を押すぜ、本当なら俺も行きたいぐらいだ」

平三郎!! 崖で背中を押すような真似するんじゃねー!!

「という訳だ、長四郎、頼んだぞ」

「はっ」

負けた、HP0になった。

「さて、天王寺屋の津田宗達など堺商人に依頼した、木材、石材などと、大和の橋、播磨の橋国次や和泉などでは瓦を焼かせていたが、あと三月もすれば量も十分溜まる。その後三好の黙認で都へ運ばれる」

「貞孝が大分苦労して、三好や公家衆などに話を通してくれたからの」

「貞孝にはそれ相応の礼をしなければなりませんな」

さすが、幻庵爺さん京都との繋ぎは完璧だ。俺だけじゃこの策はどうしようもなかったからな。

「父上、資金の方は大丈夫なのですか？」

「うむ、長四郎のお陰で見つかった伊豆金山と秩父銅山と銭の鋳造により余剰金が貯まった。それにこの所の不作も義倉や兵糧丸により民が飢える事がなかったので、必要以上に金を使わないで済んだ。しかも新しい産物を堺や博多から唐などへも送って、その上がりも大きい。更に、煙硝の生産に成功した為、煙硝を買わずに済むようになったから、その分も十分に貯まっている」

「具体的にはどの程度を考えているのですか？」

「二十万貫を使うつもりだ」

「二十万貫!!」

すごいぞ、信長が堺を強請ったのでも二万貫だから、十倍だ!!　円に直せば、一貫十万円ほどだから、二百億円。俺の所領が三百八貫から加増されて千貫になったけど、二百年分ですよ。一気に行く気だ、提案したとはいえ空恐ろしくなってきた。失敗したら切腹ものじゃないか。

「左京殿、これは剛毅なものじゃな」

ニヤリと笑う氏康殿がスゲー怖く感じるよー。

「フフ、越後で騒ぐ前管領に好き勝手させる訳にはいかんからな。関東管領と言いながら、歴代の当主共は、扇谷上杉、山内上杉同士で延々と戦を続け、関東を荒らしまくったのだから、そのような輩に関東を任せる訳にはいかん。民百姓の為にも、この策に二十万貫賭ける事など惜しくはない」

うわー、氏康殿凄く漢だ。かっこいいぜ。流石(さすが)我が義父上だぜ！　みんながみんな感動している感じだ。自然と頭が垂れるよ。

「兄者、その意気、素晴らしいぜ。俺も誠心誠意頑張るぜ」

「私も、微力ながらお手伝いします」

「儂もじゃ」

「俺も」

「私も」

「拙者も」

「無論、私も」

わーい。みんなの心が一つになった感じだ。

「さて、其処(そこ)で策を通す為に、朝廷には大判千枚、白銀一万枚、永楽銭二万貫を献上する。摂家には大判百枚、白銀千枚、永楽銭二千貫、比叡山、高野山、興福寺、東大寺、五山などにはそれぞれ白銀五百枚ずつ、各公家にも家格に合った白銀或いは永楽銭を、公方には大判二百枚、白銀二千枚を贈る」

「これも筋書を書いたのは長四郎よ」

幻庵爺さん、余計な事を言うなよ！

氏政とか、平三郎とかが〝お前そんな事考えていたのか〟って感じで見てるな。これは暫(しばら)く質問されまくりか？　うむー、しかし自分で言うのもなんだが、公方の扱いが摂家より少し上とは、義輝が怒らないか？　まあ、公方はどっちつかずだし、どうせ長尾景虎と意気投合するから、このぐらいの扱いで良いか。最初はガン無視という話も有ったんだから、未だマシだよね。

「無論、三好や六角にも付け届けは忘れてはおらんがな」

まあそうだよな、三好の勢力圏内で動くには付け届けは必須ですよね。

「更に今、二条晴良殿、九条稙通殿に動いて貰っている」

成るほど、時期が早まったから、あれを行う訳か。確かに百年近く行っていないから、出来たら後奈良天皇は感動するだろうな。

「父上、それは？」

「今は、言えんな。二条殿達からの返答待ちだ」

「判りました」

「しかし、父上、義祖母様のご実家の近衛稙家殿は氏綱様の義兄、現当主前嗣（近衛前久）殿は父上の義従兄弟ではありませんか。其方に動いて貰う訳にはいかないのですか？」

氏政、俺もそう思ったんだが、色々有るんだよ。

「うむ、近衛の場合、自らの娘の血を引く者が女子しかいなく当主になれなかった事に、わだかまりが有るようでな。しかも義母上は先だってお亡くなりになったからな」

「成るほど、そうでございますか」

まあ、あの人物じゃ義輝と同じで景虎と意気投合するから、かなり危ういんだ。

「さて、更に永享六（１４３４）年以来行われていなかった伊勢神宮の外宮式年遷宮の資金も献金する」

「何故其処まで？」

「以前尾張の織田備後守（信秀）が伊勢神宮に、材木や銭七百貫文を献上した事により、その礼として朝廷より、三河守に任じられた事があってな」

「父上は、十重二十重に朝廷に伝手を作るおつもりですか？」

「そういう事になるか。しかしな、未だ未だこれで終わりではないぞ」

「それは？」

いや、勿体ぶってるけど、俺や、幻庵爺さんや氏堯殿は知ってるんだけど、氏政、平三郎は知らない訳だから、一々感心している訳だ。

「我が北條家の関東支配を幕府ではなく朝廷に保証して頂く事だ」

「何故でございますか。足利梅千代王丸様がいらっしゃれば、ある程度は大丈夫ではないのでしょうか」

氏政を見る氏康殿が、未だ未だだという顔をしてる。

「梅千代王丸がいても、兄の藤氏もおる。以前小弓公方や堀越公方がいた事を忘れる事は出来んぞ」

「成るほど、確かに、公方権力が砂上の楼閣状態であれば、関東公方も危ういと」

「その通りだ。儂の関東管領職とて、幕府に許可を受けておらんから、自称という事になる」

「そういう事じゃ、幕府は滅んでも朝廷は滅ばんものじゃ。それに形式上公方とて帝の一家臣に過ぎん。それならば、帝に地位を保証して頂いた方が何倍もマシじゃ」

実際それだけじゃないんだけど、それは都へ上がってあの人物を口説き落とせた場合だから、未だ言えないんだよ。

「そういう事だ。それでは、二月一日をもって小田原を出立だ。それまで絶対に他言無用だ、準備をそれぞれするようにせよ」

こうして、北條氏最大級の作戦が始まった。

巻末資料：登場主要武家 家系略図

本家系図について

本作の物語に登場する、主要な人物のみを掲載しています。史実上は存在しない架空の人物も含まれています。

（──）は親子、兄弟関係を、（‖）は夫婦関係を表します。同じ父母を持つ兄弟は、原則として右側が年長となります。

北条家

- 北条早雲
  - 北条氏綱
    - 北条氏康 ＝ 今川瑞姫
      - 北条氏時（新九郎）
      - 北条綾姫
      - 北条氏政（松千代丸）
      - 北条麻姫
      - 北条氏照（藤菊丸）
      - 北条氏邦（乙千代丸）
      - 北条氏規（竹千代丸）
      - 北条妙姫
    - 北条為昌
    - 北条氏尭
  - 北条氏時
  - 北条氏広
  - 北条幻庵 ＝ 花姫
    - 北条時長
    - 北条綱重
    - 北条長順

三田一族の意地を見よ ～転生戦国武将の奔走記～ 1

発行　2015年5月31日　初版第一刷発行

著者　三田弾正
発行者　三坂泰二
発行所　株式会社KADOKAWA
〒102-8177　東京都千代田区富士見2-13-3
0570-002-001（カスタマーサポート）
年末年始を除く平日10:00～18:00まで
印刷・製本　株式会社廣済堂
ISBN 978-4-04-067662-3 C0093

http://www.kadokawa.co.jp/

企画　株式会社フロンティアワークス
担当編集　渡辺悠人／松浦恵介（株式会社フロンティアワークス）
ブックデザイン　ウエダデザイン室
デザインフォーマット　ragtime
イラスト　碧 風羽

本書は小説投稿サイト「小説家になろう」（http://syosetu.com/）初出の作品を加筆の上書籍化したものです。

ファンレター、作品のご感想をお待ちしています

宛先
〒102-0071　東京都千代田区富士見2-13-12
株式会社KADOKAWA　MFブックス編集部気付
「三田弾正先生」係「碧 風羽先生」係

二次元コードまたはURLご利用の上
本書に関するアンケートにご協力ください。

http://mfe.jp/eex/

●スマートフォンにも対応しております（一部対応していない機種もございます）。
●お答えいただいた方全員に、作者が書き下ろした「こぼれ話」をプレゼント!
●サイトにアクセスする際や、登録・メール送信時にかかる通信費はご負担ください。